SPECTRES II

SPECTRUM

SPECTRES II

RÉSONANCES

SHELTER PRESS

ÉTENDRE

ÉVOQUER

RÉVERBÉRER

RÉVÉLER

TRANSMETTRE

SOMMAIRE

9	Avant-propos
13	Résonance du sens
	Jean-Luc Nancy
19	Un bol d'océan : notes sur la pratique du feedback hydrophonique
	Tomoko Sauvage
25	Un grand bruit
	Christian Zanési
33	Notes sur les sons additionnels
	Maryanne Amacher
37	Résonances cachées
	Christina Kubisch
43	Cinq petites histoires
	Okkyung Lee
49	Fréquence de résonance
	David Toop
57	Retours d'échos
	pali meursault
65	Morphogénèse de la résonance
	David Rosenboom
75	Improvisation et résonance
	Chris Corsano
81	La facture d'instruments comme composition, la résonance comme harmonie
	Ellen Fullman
87	Sans titre
	The Caretaker
93	Biographies

AVANT-PROPOS

Résonner : *re-sonare*. Sonner, encore. Implication immédiate d'un dédoublement. Le son et son double : renvoyés, réfléchis par des surfaces, diffractés par des angles. Le son amplifié, revêtant une acoustique qui le transforme. Son exalté par un séjour dans un lieu, dans un milieu. Son propagé, tendu vers les lointains. Mais aussi, résonner : vibrer avec le son, à l'unisson, dans un balancement synchrone. Épouser son allure, amplifier une destinée commune. Unir ses forces. Mais encore, se souvenir, réévoquer le passé, le faire survenir. Ou alors plonger dans le spectre du son, le modeler autour d'une fréquence, faire émerger des montagnes sonores ou électriques dans le devenir des signaux.

La résonance épouse une multitude de sens. Ou plutôt, elle s'actualise, toujours identique, à travers tout un éventail de phénomènes et de circonstances. C'est une telle multitude de la résonance qui s'évoque dans les pages à venir. Une multitude d'occurrences, d'événements, de sensations et de sentiments qui s'entremêlent et s'accueillent les uns les autres. Si chacun possède sa propre histoire, si chacun résonne à sa façon, nous devons tous, pour éprouver la résonance à un moment donné, être prêts à accueillir. L'accueil de ce qui est autre, que ce soit un en-dehors abstrait ou au contraire une altérité incarnée, prête, à son tour, à résonner, en est la condition. Cette idée d'accueil, on la retrouve traversant les textes à venir. Elle ouvre à la dimension humaine de la résonance, dimension indispensable à tout acte de création et à tout échange, à toute communauté d'esprit. La résonance ici est donc aussi, à ce titre, une attention portée, c'est-à-dire une écoute, un échange, déjà.

Abordant l'une ou l'autre des formes que peut revêtir cette idée de résonner (étendre – évoquer – réverbérer – révéler – transmettre) chacune des contributions regroupées dans cet ouvrage pointe un aspect personnel, fragment de territoire passionnant qu'est celui de l'expérimentation sonore et musicale, territoire où la résonance peut se déployer.

Le livre qui suit a été pensé comme un prisme et un manuel. Puisse-t-il à son tour résonner en chacun de manière singulière et profonde.

Les éditeurs.

RÉSONANCE DU SENS

1

Les phénomènes vibratoires ou oscillatoires ne sont pas des phénomènes exceptionnels. Peut-être même forment-ils l'essentiel de tous les phénomènes et n'y a-t-il aucune réalité d'état, de stabilité ou de permanence qui ne soit traversée, travaillée, transportée par un jeu vibratoire, qu'il soit celui de particules, celui de forces, de flux, de pulsions, d'émotions ou de symboles. Le réel est oscillatoire, pour autant qu'il y ait du sens à affirmer un « être » quelconque si « être » consiste à osciller.

Quoi qu'il en soit, l'oscillation implique un écart, une distance ou un laps qui offre la possibilité du battement à moins d'en être le résultat – ou les deux ensemble. Il faut que ça parte et que ça revienne. Rien n'a lieu sur place, et pas même le rien lui-même (la chose latine, *res*, dont le nom marque en français la non-chose, *nothing*, le *minimum minimorum* de la choséité). Avoir lieu exige d'ouvrir un lieu. Un lieu suppose une distinction des lieux. *Ici* suppose *là* de même que *maintenant* suppose *avant/après* qui bien entendu est solidaire de *ici* et *là*.

Ça va et ça vient de çà en là. Cela s'appelle le rebond, la reprise, la répartie, le renvoi, la résonance.

Cela commence par le rebond – au sens où on disait jadis qu'un instrument de musique bondit ou rebondit, c'est-à-dire sonne de telle ou telle manière[1]. Un bond à travers l'ouvert est repris ou se reprend, se retourne son propre élan en se répondant et en formant ainsi sa réalité propre, sa résonance.

2

La résonance n'est donc pas un phénomène exceptionnel, elle appartient plutôt à la phénoménalité comme telle : apparaître, se montrer, se manifester ou se révéler – *phainein* – suppose que l'apparaissant et l'apparent renvoient l'un à l'autre. Quelque chose se montre, se donne à voir, se laisse voir, se présente au jour, à la lumière – *phôs* – et à la vision : il y a la chose et qu'elle se montre. L'art de la peinture et du dessin est fait de cette structure dynamique ainsi que tous les arts du visible.

Cela n'est pas exceptionnel, et c'est en même temps l'exception même : ça sort du fond indistinct, la focale est ajustée et voici une forme, une couleur qui paraît *pour elle-même*. Ce « pour elle-même » au sein du *pour nous* de la vision (perception, découverte, révélation) fait l'inépuisable du paraître. Il s'agit moins d'une chose que d'un appel, d'une invite : « Me voici ; tu vois ? Me vois-tu ? Que vois-tu ? etc. »

---

[1] Du latin *bombitare*, bourdonner. Cf. le dialogue entre Sarah Nancy et Jean-Luc Nancy dans le colloque « Les cordes vibrantes de l'art. La relation esthétique comme résonance », Fondation Singer-Poignac, 2018, dont les actes sont à paraître.

Lorsqu'il s'agit du sonore – qui ne fournit pas par hasard le terme paradigmatique « résonance » – l'appel appelle le plus proprement : il se fait entendre, ce qui veut dire qu'en se montrant il montre la distance, le lointain d'où il survient. Le son est spatial, il s'étend à travers l'air (ou un autre milieu) dont il est une vibration. Alors que le visible franchit l'espace et à certains égards l'annule, le sonore épouse la distance et l'assimile. En témoigne la différence considérable entre les vitesses de la lumière et du son comme en témoignerait aussi une analyse physique différentielle des deux types d'ondes – qui n'est pas de mon ressort.

Parce que le son épouse l'espace, il le parcourt, et la durée de ce parcours lui appartient comme une propriété intrinsèque. Le son ne se déroule pas dans le temps : il se spatio-temporalise selon ses caractéristiques propres (sa fréquence, son timbre, etc.). La résonance – c'est-à-dire l'existence même du son – n'est pas autre chose que l'appropriation ou le modelage d'un espace-temps par une vibration déterminée. En se propageant, c'est-à-dire en s'étendant et en durant – opération unique – il fait autre chose que présenter tel ou tel mobile de sensation : il configure une présence au monde (et une présence à moi du monde).

Bien entendu si je m'absorbe dans la sensation d'une couleur, d'une consistance, d'un goût ou d'une odeur – tout comme dans le sentiment d'une peur, d'un désir, d'une paix ou d'une hostilité – une présence au monde et du monde se configure aussi. Mais elle affecte un monde – le colore ou le parfume – plutôt qu'elle ne modèle ou module le monde lui-même. Dans toute sensation il y a renvoi mutuel du monde à moi, du dehors au dedans – mais dans la sonorité il semble y avoir le renvoi par lequel un monde et un moi se mutualisent si j'ose dire.

La résonance est le battement d'un espace-temps à travers et autour d'un corps. Non seulement une vibration qui me parvient mais une oscillation du monde à moi et de moi au monde par laquelle les deux ont lieu. C'est peut-être pourquoi l'enfant crie à sa naissance, répondant ainsi aux sons qui lui sont parvenus à l'intérieur de sa mère.

3

La mutualité d'un monde et d'un moi, c'est ce qui se dit d'un seul mot : le sens – soit la vibration de la substance dite pensante.

UN BOL D'OCÉAN : NOTES SUR LA PRATIQUE DU FEEDBACK HYDROPHONIQUE

Ingrédients : six bols en porcelaine et verre, eau, hydrophones, table de mixage analogique, système de sonorisation.

Un bol d'océan. L'eau calme favorise les oscillations et accélère le cycle de feedback. Je touche la surface de l'eau pour faire des vagues et j'ai l'impression que le vent souffle sur la mer. Les ondes calment les sons du feedback qui s'intensifient, les faisant onduler et déstabilisant leurs boucles. Je fais couler des gouttes d'eau de mes doigts pour faire résonner le bol, poussant en même temps, lentement, le potentiomètre vers le haut pour que la note d'attaque ne décline pas mais se prolonge en feedback. Je vois les ondulations aller et venir entre les « rives » du bol. Les ondes sonores voyagent plus vite que les rides à la surface de l'eau. Elles résonnent entre les rivages de mon micro-océan avant de s'échapper dans les airs pour osciller entre les murs de la pièce. Je vois et j'entends une masse d'eau sculptée par ma main, qui change de forme et flotte dans l'air comme un nuage. Le tactile devient auditif.

Pour trouver des fréquences de résonnance, les bols sont accordés en ajustant leurs niveaux d'eau. Chaque bol possède des caractéristiques différentes : le matériau (céramique ou verre), son épaisseur, tout comme la présence de microfissures, produisent des harmoniques différentes. Si des détails tels que le positionnement des hydrophones et des haut-parleurs peuvent avoir une incidence, le facteur le plus déterminant reste la réverbération de la pièce, qui amplifie naturellement le son et fait vibrer pleinement l'air, les bols et l'eau.

Lorsqu'une fréquence spécifique et qu'une intensité suffisante sont atteintes, une boucle de son se forme et circule en continu entre les micros et les haut-parleurs. C'est ce qu'on appelle le feedback – un cercle parfait, plein, autosuffisant, qui recycle indéfiniment la même source sonore. Une intensité plus faible ralentit et fait disparaître le cycle, une intensité plus élevée le sature. Je travaille lentement, usant d'une grande concentration, pour maintenir le point d'équilibre de cette plénitude, comme une funambule. Je n'utilise ni limiteur, ni compresseur, je marche donc sur la corde sans filet de sécurité. Ma main gauche reste toujours sur la table de mixage, manipulant les potentiomètres et contrôlant l'intensité avec précaution, tandis que ma main droite façonne l'eau pour moduler la hauteur. Mes oreilles et mes mains font office de limiteurs et de modulateurs.

Le feedback est habituellement considéré comme une chose à éviter, ce que j'ai d'ailleurs fait au départ. Les méthodes pour éviter le feedback ont toutes recours à la séparation : empêcher les sons de communiquer entre eux en utilisant des casques, éteindre ou baisser les haut-parleurs et cloisonner l'espace, couper certaines fréquences avec des égaliseurs, etc. En choisissant l'approche opposée, j'ai ouvert la porte à de nouvelles possibilités qui se rapportaient à la connexion et à la plénitude. L'instrument continue à évoluer dans ce sens. Il n'aime pas le genre d'espace qui sépare le public et les musiciens, où la scène a son propre espace acoustique avec les retours, et où les enceintes directives visent précisément les sièges du public pour diffuser un son venant de la console principale, elle-même située de l'autre côté de la salle... Je ne vois pas l'intérêt de diffuser les boucles de feedback que je crée dans un endroit différent de là où elles sont produites. Les boucles sont destinées à circuler dans toute la pièce, à pénétrer et à faire vibrer tous les corps et objets qu'elle contient. Tout l'espace sonore devient un élément de mon « synthétiseur naturel ».

> « Je change quelque chose dès qu'une nouvelle personne entre, je change de direction. Parce que le public fait aussi partie de la musique ; si quelqu'un entre, l'acoustique change. La musique tourne autour de cette personne, puis revient, pour que je puisse l'entendre. »
> – Sun Ra

Mon obsession actuelle est d'utiliser sciemment la résonance sympathique, un phénomène acoustique, pour jouer avec les partiels. Chaque fréquence produite par chaque bol interagit avec toutes les autres, ce qui donne un surprenant réseau d'harmoniques « automatiquement accordés », intimement et mathématiquement interconnectés. Je peux augmenter lentement l'intensité de chaque microphone jusqu'à ce qu'il génère du feedback. Une sorte d'effet d'*Auto-Tune* se produit lorsqu'une note (souvent un harmonique – une octave, une quarte, une quinte, etc. – mais parfois une fondamentale) commence à partir en feedback car elle partage des similitudes harmoniques et répond aux fréquences déjà produites par les autres bols, ainsi qu'aux autres vibrations de la pièce (bruits extérieurs, réfrigérateurs, et systèmes de ventilation... Les hydrophones très sensibles peuvent même capter les basses fréquences causées par les micromouvements humains, notamment à travers un parquet...). L'eau s'évapore constamment du récipient, ce qui modifie la hauteur. Une nouvelle fréquence commence alors à résonner naturellement. Je plonge également ma paume dans l'eau et j'abaisse la hauteur (d'environ un demi-ton) pour aller chercher de nouveaux harmoniques susceptibles de répondre à l'harmonie en place.

Dans son livre *Between Air and Electricity: Microphones and Loudspeakers as Musical Instruments*, Cathy van Eck utilise les concepts de résonance et de résistance pour qualifier les relations entre le musicien ou la musicienne et son instrument. Ces deux corps – celui de l'instrument et celui de l'interprète – interagissent pour développer leurs capacités musicales respectives par le biais d'une communication sur le long terme appelée pratique. Au moment où mon instrument a vu le jour, je n'avais pour ma part aucune intention musicale prédéterminée. Je voulais simplement tirer le meilleur parti des matières sonores produites à des fins d'expérimentation et de contemplation. L'instrument a imposé une résistance sous forme de feedback. Après avoir tenté de le contrôler, j'ai décidé de le laisser faire. De toute évidence, les bols aspiraient à une pleine résonance. Plus tard, les dimensions du son m'ont semblé évoluer. Des nuages sont apparus dans la pièce. J'ai commencé à entendre l'environnement dans la musique que je jouais.

Comme beaucoup de Japonais qui ont pris des cours de piano très tôt et qui ont été très fortement influencés par la gamme tempérée, j'ai toujours eu l'oreille absolue. Je peux reconnaître sans référence les notes ou les tonalités jouées sur des instruments de musique occidentaux décemment accordés, mais je ne peux pas différencier celles jouées sur des instruments non occidentaux, ou celles d'origines non instrumentales, comme dans le chant des oiseaux. Comme mon écoute des harmoniques et des intervalles purs devient de plus en plus attentive, je ressens parfois une sorte de vertige en écoutant de longues notes et des accords joués au piano. Depuis peu, je me sens comme déroutée par un élément qui semblait autrefois si naturel à mes oreilles. Tout cela me parait encore bien mystérieux, mais ma relation intime avec cet instrument, qui passe par de longues années de dialogue, est en train de réaccorder mes oreilles, autrefois « polluées » par la gamme tempérée.

Un grand merci à Julia Eckhardt pour notre conversation qui a inspiré le début de ces réflexions.

CHRISTIAN ZANÉSI

UN GRAND BRUIT

Grand bruit est une pièce que j'ai réalisée au début des années 90. La notice d'origine, de façon imagée, introduit l'idée :

> « Les grands corps sonores mobiles ont la propriété banale et pourtant étonnante de placer l'auditeur-voyageur ‹à l'intérieur› ; comme s'il se trouvait dans une gigantesque contrebasse qui, dans le cas du train, est frottée par un archet double : les rails et l'air. En 1990, j'ai utilisé ce phénomène dans la durée exacte du parcours en RER que j'effectuais chaque jour pour me rendre du studio GRM à mon domicile. Un seul enregistrement de 21 minutes a été utilisé, que j'ai considéré comme un seul objet sonore. J'ai alors traité et enrichi à la manière d'un photographe, c'est-à-dire par bains successifs, cette forme remarquable que j'ai appelée *Grand Bruit*. »

Pardonnez-moi d'évoquer d'abord un aspect autobiographique. Nous sommes à l'été 89 et je suis en train de changer de situation avec ma nouvelle compagne.

Je dois trouver un logement. Moyens limités, je cherche dans la proche banlieue nord desservie depuis peu par une nouvelle section de la ligne C du RER, qui comporte l'arrêt Maison de Radio France où je travaille. Une agence immobilière propose une petite maison à louer à Gennevilliers. Rendez-vous est pris et me voilà donc empruntant ce train pour la première fois.

Aux premiers sons, j'ai été véritablement saisi par une magnifique expérience acoustique. C'était l'été, je l'ai dit, il faisait chaud et de nombreuses fenêtres du train étaient ouvertes ce qui rendait le son plus présent et plus clair. Signal de départ, fermeture des portes, crissements du déblocage des freins, bruits d'air chassé des systèmes pneumatiques, son grave et sourd du démarrage, accélération et montée en puissance, puis assez rapidement séquence inversée : freinage, ralentissement, etc. Le train repart et recommence la même séquence mais toujours variée. Le parcours comporte neuf stations, soit huit déplacements entre la station de départ Maison de Radio France et la station d'arrivée Gennevilliers.

Au-delà de la beauté moderne et saisissante du son – un son très différent de celui du métro –, ce qui m'a le plus frappé, dès la première écoute, dès la première rencontre pourrait-on dire, c'est la forme générale du parcours. Pierre Schaeffer avait une pensée duale et dynamique. Par exemple, s'agissant de musique, il préconisait le point d'équilibre entre sonore et musical : que du sonore, l'écoute se lasse vite, que du musical, c'est-à-dire une écriture pour l'écriture, elle se perd. Autre point important d'après Pierre Schaeffer : l'équilibre indispensable entre permanence et variation. Une musique trop variée, en quelque sorte variée en permanence, épuise l'auditeur et une musique sans variations notables lasse vite. Ces deux points je les ai toujours appliqués, même si à mes débuts je n'en avais pas conscience. Alors, dans le cas précis de ce parcours, il y avait d'abord un équilibre tout à fait remarquable entre permanence et variation. Voici par exemple, d'après l'enregistrement original, les minutages des trajets entre stations avec l'indication du temps d'attente lorsque le train est à l'arrêt :

Le temps est compté du signal sonore annonçant la fermeture des portes à l'arrêt à la station suivante (sur l'enregistrement, l'arrêt est repéré par la fin d'un freinage caractéristique). Le temps d'arrêt en station est compté jusqu'au signal sonore suivant.

Minutage	Station de départ – Station d'arrivée	Durée du parcours	Temps d'arrêt
0'00	Maison de Radio France – Boulainvilliers	1'20	**0'50**
2'15	Boulainvilliers – Avenue Henri Martin	2'30	0'15
4'13	Avenue Henri Martin – Avenue Foch	1'17	0'35
6'05	Avenue Foch – Porte Maillot	1'50	0'52
8'48	Porte Maillot – Pereire	2'00	0'33
11'42	Pereire – Saint-Ouen	**4'23**	0'31
16'04	Saint-Ouen – Les Grésillons	2'45	0'31
18'52	Les Grésillons – Gennevilliers	2'00	

Sans rentrer dans une analyse approfondie, on peut déjà observer que la section 6 Pereire – Saint-Ouen est beaucoup plus longue que les autres. À l'époque, la station Porte de Clichy n'était pas encore ouverte, si bien que la distance était plus que doublée. Cette distance permettait au train d'aller beaucoup plus vite, et en conséquence le son s'en trouvait renouvelé par rapport à celui que l'on avait entendu jusque-là. Une sorte de climax arrivait au bon moment, du moins à mon goût, c'est-à-dire un peu après les deux tiers. J'ajoute un élément encore plus remarquable : le train qui jusqu'à Saint-Ouen roulait dans un tunnel, avec cette acoustique si particulière où le son est en quelque sorte renvoyé en circuit-court à son émetteur, le train peu après Saint-Ouen donc, sortait du tunnel pour rouler à l'air libre jusqu'à ma destination finale. Même corps sonore (le train) mais acoustique totalement différente, et ce après le climax précédent comme si ce dernier avait annoncé une transformation radicale à venir, d'où mon émerveillement lors de ma première écoute. La forme de l'ensemble était pour moi purement musicale. Plus exactement cette forme me correspondait parfaitement. Elle gardait un intérêt jusqu'à la fin, précisément grâce à toutes ces variations. Chaque station apportait une variation nouvelle en timbre, en dynamique et en durée tout en restant dans la continuité, sans oublier ces changements structurants aux endroits clés. Bref, à la première écoute, j'ai su que ma prochaine musique avait trouvé son point de départ.

La composition a eu lieu un an plus tard durant l'été 90. C'est dire si j'avais eu largement le temps de « rentrer » dans ce son jusqu'à le voir d'une manière purement abstraite. Dans mon esprit, j'avais mémorisé parfaitement le schéma général que je pouvais étudier (hors du train et du temps réel) à volonté. Je voyais toute la forme comme une seule image stable, image dans laquelle je pouvais « zoomer » pour me rapprocher de tel ou tel détail. L'enregistrement sur Nagra IV-S avec un couple de micros Schoeps a été réalisé par mon camarade

Richard Penant et les outils utilisés furent le Studer 16 pistes/2 pouces, que le GRM avait acquis récemment, associé au processeur temps réel SYTER construit par le regretté Jean-François Allouis. « Composer, écrit Helmut Lachenmann, c'est aussi construire un instrument ». Tel était mon instrument : un son, un magnétophone multipiste et le système SYTER. Cela a pris un mois et j'ai eu la chance d'avoir à disposition le processeur dans le studio durant toutes les étapes de composition.

Mon idée, on l'aura compris, était de garder la structure générale tout en transformant les couleurs et les qualités du son de base. J'ai procédé, comme il est dit dans la notice « à la manière d'un photographe, c'est-à-dire par bains successifs ». Concrètement, l'enregistrement occupait les pistes 1 et 2 du Studer que je transformais sur toute la durée grâce à SYTER et particulièrement à ses filtres résonnants. La transformation étant enregistrée synchrone sur les autres pistes. Le son de base – que tout le monde connaît à peu près – est plutôt bruiteux mais, grâce aux filtres résonnants on pouvait à loisir sélectionner les fréquences ou groupes de fréquences entrant en résonance tout en déterminant aussi la durée de résonance ainsi que le seuil de déclenchement du filtre. Outil merveilleux qui a, entre autres, donné une couleur électronique à la pièce. Dans ce cas il ne s'agit pas d'écrire des signes sur une page blanche mais au contraire de faire apparaître des signes d'une page noircie. Je superposais les nouvelles images jusqu'à remplir les 16 pistes. Parfois je traitais aussi la transformation précédente ou même plusieurs transformations à la fois. J'ai ainsi créé des couleurs variées mais aussi, ce qui était indispensable, plusieurs sortes de rythmes. Ensuite, par mixage je choisissais, suivant les sections, telle ou telle transformation ou tel ensemble de transformations. À chaque phase, connaissant tellement bien le son de départ, je savais où j'en étais dans le parcours. Je me disais par exemple : là, j'arrive à Saint-Ouen. À tel passage de la musique, je savais que le train abordait un virage rapide avec à-coups ou au contraire qu'il glissait dans une courbe lente. Chacune de ces caractéristiques sculptant et modifiant le son de base. Je réalisais mes traitements en préservant, en épousant ces changements subtils.

Si l'on se reporte encore au tableau, on remarque que le premier temps d'arrêt, à la station Boulainvilliers, est relativement long (presque une minute) par rapport au premier déplacement (1'20). En effet, le jour de l'enregistrement cela s'est déroulé comme ça contrairement à ce qui se passait habituellement. Cette attente disproportionnée (à mes yeux), surtout après un bref début « bien parti » m'a posé formellement un problème. D'où l'idée d'introduire à cet endroit des voix-présences, voyageurs imaginaires en forme de spectres évoquant des présences réelles. Une sorte d'effet à la Wim Wenders dans *Les Ailes du désir* qui nous fait entendre le dialogue intérieur de gens silencieux. C'était aussi rajouter une corde à mon arc. Une ressource, située à un autre niveau, à développer plus tard.

Pour terminer, je me suis rendu compte, bien après la composition, que j'avais poussé l'idée de « musique d'objets » chère à Pierre Schaeffer jusqu'à son extrémité absolue : un seul objet sonore, une œuvre. Je ne pense pas qu'il aurait apprécié, mais cela mériterait une tout autre réflexion.

MARYANNE AMACHER

NOTES SUR LES SONS ADDITIONNELS

Ce document inédit était inclus dans un recueil de textes pour le séminaire « Labyrinth Gives Way to Skin: Maryanne Amacher Seminar 1 », premier d'une série animée par Amy Cimini et Bill Dietz en collaboration avec Blank Forms. « Labyrinth Gives Way to Skin » s'est déroulé le 1er mars 2016 à la Fondation Emily Harvey, à New York. Notre transcription du document original dactylographié et annoté à la main est ici présentée par Bill Dietz.

Depuis la disparition de Maryanne Amacher en octobre 2009, les recherches qui permettraient de contextualiser précisément ces notes n'ont pas encore débuté. De toute évidence, ce document a été rédigé au milieu des années 1970, période-phare des recherches otoacoustiques d'Amacher, marquée par la série des *Tone Studies*, générées à partir d'un synthétiseur Triadex Muse, et par la rédaction de l'*Additional Tones Workbook*. La terminologie utilisée dans le second paragraphe (« vague du don », « danse intérieure ») se rapproche de celle de la section *tone research review* du *Workbook*. Plus précisément, le premier paragraphe, dans son intégralité, apparaît quasiment mot pour mot dans une note de bas de page de la deuxième section du manuscrit de 1977 de *Psychoacoustic Phenomena in Musical Composition: Some Features of a "Perceptual Geography"*, dactylographié sous le même en-tête de Pearl Street. Ces lignes ont également été intégrées à un texte plus long édité par Tzadik en 2008, sous la supervision de l'auteure. En dehors de ces maigres indices, la date et les circonstances de la rédaction de ce document restent floues. Ce qui est toutefois apparu comme évident, au cours de ces dix années de limbes posthumes, est la nécessité de réévaluer la notion de « finalité » à l'endroit de la pratique d'Amacher, une pratique et des travaux ouvertement situés et situationnels. La récurrences de lignes et de paragraphes entre les textes n'est pas un « simple procédé », ni une facilité, ni même de l'« *autosampling* ». Elle s'inscrit au contraire dans le projet plus vaste — sonore, théorique, vécu — d'Amacher, qui porte une attention toute particulière à la texture spécifique et singulière, voire psychédélique, de la perception tournée vers le sujet. En ce sens, le présent document ne constitue ni un fragment ni un tout, mais la « trace résiduelle » d'une pratique d'écoute que nous commençons tout juste à saisir.

Bill Dietz

Notes sur les sons additionnels

* J'ai fait l'expérience de sensations acoustiques et de mélodies, stimulées par des fréquences situées entre 1700 et 5000 Hz, qui sonnent comme si elles étaient « créées » directement « à l'intérieur » de l'oreille. Il est difficile de déterminer s'il s'agit de phénomènes combinatoires ou d'un autre type de résonance. Toutefois, elles contrastent nettement avec l'expérience sonore en (a) et avec les caractéristiques des combinaisons de sons identifiées en (b). C'est pourquoi elles m'intéressent tout particulièrement. J'ai composé des sons qui résonnent dans l'espace (a), alors que simultanément une autre partie distincte de la musique « sonne » comme si elle était « créée » à l'intérieur de l'oreille (b). On retrouve de nouveau cet intéressant phénomène de démasquage et la possibilité d'avoir des éléments totalement distincts, ici en conjonction avec l'intensité sonore. Dans l'une des sections, les stimuli de 3000 à 4000 Hz en (a) sont très intenses, *fff*. Pourtant, au même moment, une flûte lointaine au son ténu, *ppp*, et, à un autre moment, des voix susurrées, sont entendues dans l'espace (a) comme autant d'événements distincts. Cet exemple intègre aussi la modulation de motif de 2ème ordre décrite par Roederer. Toutefois, je ne parviens pas à déterminer comment cela a pu contribuer à maintenir les niveaux sonores très contrastés du *fff* et du *ppp* simultanément, sans que le *ppp* soit absorbé dans le *fff* comme partie intégrante de sa texture ou de son timbre.

2ème Ordre

Une caractéristique saisissante de la modulation du motif de 2ème ordre décrite par Roederer et Oster est qu'a priori elle ne peut être masquée. Oster affirme même qu'elle est renforcée par le bruit. D'après mon expérience, même si les stimuli de (a) peuvent être masqués par la musique *fff*, leur résultat, la modulation du motif ainsi produite (c) est « vécue » de manière remarquable et saisissante. Les modulations de motifs (mélodies neuronales) que je connais bien, celles que je nomme depuis 1968 – « mélodie intérieure », « danse intérieure », « encerclement », « côte », « dérive », « montée » ou encore « vague du don » – en fonction du tempérament utilisé, s'apparentent à des leitmotivs. La sensation « acoustique » (en réalité, elles sont <u>totalement</u> absentes de l'oreille, tout comme la fondamentale manquante, et résultent entièrement d'une superposition neuronale, en réponse aux stimuli acoustiques donnés en (a)) est très différente de celle des sons différentiels de 1er ordre créés dans les fluides cochléaires. J'ai peine à décrire la dimension spatiale apparente des mélodies neuronales de 2ème ordre. Elles semblent être <u>présentes</u> dans la musique comme un grand chêne pluricentenaire, d'autant plus lorsqu'il s'agit de renforcer une structure sonore. À cet endroit, je me suis toujours un peu sentie comme Monteverdi décrivant le tremolo. En effet, ces mélodies s'apparentent à des « leitmotivs » sur un plan psychologique singulier qui me dépasse. Je ne saurais même pas comment lier cela à l'« apparent (a) » ; qui semble se produire aussi bien dans la salle qu'en vous.

comme un point de convergence, qui semble être dans la salle tout autant qu'en nous. Longtemps, j'ai cru que je les associais à une trace résiduelle, c'est-à-dire qu'elles n'étaient simplement « pas là » (sur ma bande magnétique). À la lumière des recherches de Roederer, il est apparu évident que je les associais – concernant la trace résiduelle – qui connaît l'héritage génétique ici [1]

---

1   [N.d.e. : ce dernier paragraphe est une note manuscrite inachevée.]

# RÉSONANCES CACHÉES

Je ne peux pas vraiment expliquer pourquoi, mais j'ai toujours eu plus d'intérêt pour les systèmes électriques que pour, disons, la musique classique. J'ai commencé à explorer les champs électriques à la fin des années 70, alors que j'étudiais la musique électronique au Conservatoire de Milan. Les cours étaient très scolaires et ce que j'y apprenais ne me satisfaisait pas vraiment. J'ai donc décidé de m'inscrire à l'École polytechnique de Milan, ce qui qui s'est avéré très difficile car je n'ai pas l'esprit scientifique.

Un jour, j'ai acheté un amplificateur téléphonique, un petit cube que l'on pouvait placer à côté de son téléphone pour suivre la conversation sans tenir le combiné. Le cube était allumé, et quand je suis arrivée au laboratoire, il a commencé à faire des sons vraiment insolites dans mon sac à main. Je l'ai sorti et j'ai demandé à mon professeur ce qui se passait. Il m'a expliqué que ce petit cube contenait des bobines qui captaient quelques-unes des machines dans la pièce. Ce fut comme un éclair dans mon esprit. À cette époque, j'avais précisément envie de m'éloigner de la performance pour commencer à produire des installations.

Pour mes premières installations basées sur ce dispositif, j'installais d'épais câbles électriques dans une pièce, en tenant compte de l'architecture et de l'histoire du lieu. Les sons utilisés étaient alors un mélange de *field recordings*, de sons électroniques (j'ai souvent utilisé pour cela mon Synthi AKS adoré), mais aussi de sons instrumentaux.

En tant que principe de transmission acoustique, l'induction électromagnétique repose sur les sons produits par l'interaction mutuelle des champs magnétiques.

Au début, les visiteurs prenaient des petits cubes avec haut-parleurs intégrés qu'ils devaient maintenir collés à leurs oreilles lorsqu'ils s'approchaient des câbles. Plus tard, j'ai nettement amélioré la liberté de mouvement et la qualité sonore en développant des casques sans fil : le public peut désormais se déplacer librement dans l'espace. Chaque mouvement, ne serait-ce qu'un léger déplacement de la tête, produit des séquences de sons différentes. Ce type d'interactivité résonnante, qui peut sembler presque archaïque aujourd'hui en ce qu'elle ne nécessite aucun programme informatique, peut également être mis en place dans de grands espaces. J'ai créé d'innombrables œuvres par induction dans des jardins, des châteaux, des caves, des ruines, des parcs, des églises, d'anciennes usines, des bâtiments abandonnés, mais aussi dans des musées et des galeries d'art. Chaque œuvre est simultanément une nouvelle exploration visuelle et acoustique d'un site donné.

Dans les années 90, les signaux insolites captés par mes casques dans les espaces d'installations, mais qui ne faisaient pas partie de mon travail, ont proliféré. J'ai découvert que c'était dû à la multiplication des champs magnétiques dans notre environnement et son essor technologique. La communication numérique en était encore à ses balbutiements, pourtant je captais des signaux « inconnus » tous azimuts. Aucun filtre n'a pu y remédier, les sons indésirables n'ont cessé d'augmenter. J'avais alors le choix d'arrêter mon travail autour de l'induction ou de le redéfinir.

En 2003, j'ai fait plusieurs essais d'écoute à Tokyo avec un nouveau casque dont la bobine était légèrement plus grande que celle utilisée jusqu'alors. C'est là que la série des *Electrical Walks* (balades électriques) est née. Alvin Lucier, qui participait lui aussi à ce festival, a été la première personne à les essayer et il m'a poussée à continuer. Ses encouragements ont été déterminants et c'est ainsi que les *Electrical Walks* ont officiellement débuté en 2004 à Cologne. Il s'agit d'un travail en cours, d'une promenade publique avec des casques spéciaux sans fil, particulièrement sensibles, grâce auxquels les qualités acoustiques des champs électromagnétiques aériens et souterrains sont amplifiées et rendues audibles. Chaque participant reçoit également une carte des environs, sur laquelle sont indiqués les itinéraires possibles et les champs électriques dignes d'intérêt. Le visiteur peut s'aventurer seul ou en groupe.

L'écoute des ondes magnétiques est très particulière. On entend ce qui nous entoure mais uniquement par l'intermédiaire d'un outil adapté. Certaines ondes magnétiques ont des qualités sonores propres et singulières tandis que d'autres (comme les portails de sécurité) se ressemblent où que vous soyez. Certains sons ont une dimension globale, ils sont identiques partout dans le monde. D'autres sont spécifiques à une ville ou un pays et ne se retrouvent nulle part ailleurs.

Ainsi, la palette de ces bruits, leurs timbres, et leurs volumes, varient d'un endroit à l'autre et d'un pays à l'autre. Ils ont cependant un point commun : ils sont omniprésents, même là où on ne les attend pas. Les systèmes d'éclairage, les dispositifs de communication sans fil, les radars, les dispositifs de sécurité antivol, les caméras de surveillance, les téléphones portables, les ordinateurs, les câbles des tramways, les antennes, les systèmes de navigation, les distributeurs automatiques, le WiFi, les néons publicitaires, les transports publics, tout cela crée des champs électriques secrets, à la fois invisibles et omniprésents.

Les sons sont beaucoup plus musicaux qu'on ne pourrait l'imaginer. On trouve des strates complexes de hautes et basses fréquences, des boucles de séquences rythmiques, des groupes de signaux infimes, de longs drones et de nombreux éléments en évolution permanente, difficiles à décrire. Dans chaque ville, je trouve des fréquences et des schémas sonores que je n'avais jamais entendus auparavant. C'est l'une des raisons pour lesquelles je ne me lasse jamais d'explorer le monde électrique caché autour de nous.

Lorsque l'on écoute les champs électromagnétiques, notre perception de la réalité quotidienne s'en trouve modifiée ; le familier se révèle dans un contexte inédit. Rien n'est à l'image de sa sonorité. Et rien ne sonne comme son apparence visuelle. Dans les extérieurs, on se concentre davantage sur le monde artificiel des sons installés et sur les points de divergence par rapport au monde réel, d'autant plus exacerbés lorsque l'on retire son casque. Souvent, les objets et environnements visuels familiers revêtent un aspect différent lorsque ce que nous entendons ne correspond pas à la norme de ce contexte – par exemple, si nous sommes assis dans un joli parc et que nous entendons un signal extrêmement fort et rythmé.

À ce jour, j'ai créé soixante-seize *Electrical Walks* dans différentes villes du monde. Parallèlement à ces promenades, j'ai constitué une énorme archive de signaux électromagnétiques enregistrés au cours de mes quinze ans de recherche dans ce domaine. Un grand nombre de ces sons électromagnétiques n'existent plus, ils sont liés à des techniques et formes de communication devenues obsolètes. Les écrans de téléviseurs, par exemple, sont moins intéressants de nos jours qu'à l'époque des écrans plasma aux sonorités fantastiques. D'autre part, les systèmes de sécurité deviennent de plus en plus intenses jusqu'à faire mal aux oreilles. La densité de ce que j'entends ne cesse d'augmenter. Il n'y a presque plus de « silences électriques ». On me demande souvent quelles en sont les conséquences pour nous, notre corps, notre santé, notre cerveau. Je ne suis pas scientifique, mais nous traversons indéniablement une période de changements profonds, non seulement au niveau de notre mode de vie, mais aussi par la transformation globale de notre environnement. Nous y réagissons sans pour autant en connaître les effets. Mon travail est à la fois une recherche musicale basée sur mes connaissances en matière de composition mais, parallèlement, en écoutant les ondes électromagnétiques je ne peux m'empêcher de questionner notre environnement social. En tant qu'artiste, je ne veux pas donner de réponses toutes faites, mais j'espère que mon travail permettra aux autres de découvrir l'inaudible et tous ses corollaires.

CINQ PETITES HISTOIRES

I. Été 1989, Daejeon, Corée du Sud

C'était les grandes vacances. Après deux heures d'exercice quotidien dans ma chambre, je n'en pouvais plus… J'ai attendu que ma mère, qui écoutait depuis la pièce voisine, paraisse s'assoupir et j'ai pris le risque de faire semblant de jouer (non que ma mère soit tyrannique, mais j'étais alors une enfant très docile – à l'inverse de l'adulte que je suis devenue).

Après avoir posé le violoncelle au sol, sur le côté, je me suis allongée près de lui et l'ai enserré de ma jambe droite. Je devais avoir peur qu'il tombe en avant. En essayant de prétendre que je m'exerçais encore, j'ai commencé à faire émerger des sons étranges dans cette position. Au début, je me sentais un peu ridicule, mais la note que je jouais a produit une sensation assez agréable sur ma jambe et parcouru mon corps tout entier. J'avais l'impression d'écouter au travers d'un tout autre sens, ce qui m'apaisait profondément. Je me suis alors totalement abandonnée à cette expérience pendant un moment. Je ne me souviens pas exactement de ce qui s'est passé ensuite, mais il est probable que l'ennui ait ressurgi.

II. Automne 1999, Boston, États-Unis

À la fin de mes études secondaires – dans une école de musique et d'art à Séoul, où j'ai vécu une expérience assez traumatisante avec un professeur de violoncelle qui a brisé tous les liens profonds que j'avais avec l'instrument (une autre longue histoire) – je rêvais d'arrêter complètement le violoncelle. Je m'étais rebellée contre ma formation classique en écoutant du « jazz » (dont j'ai appris plus tard qu'il s'agissait de smooth jazz) et j'étais bien décidée à étudier quelque chose dans ce genre. Dans les années 90, alors que le jazz était encore relativement nouveau en Corée, lorsque j'ai entendu parler du Berklee College of Music, cela m'a semblé être une occasion de changer de vie tout en découvrant cette musique exotique et passionnante. Peu après mon admission à l'école, j'ai appris qu'il me faudrait jouer d'un instrument pendant les deux premières années d'études. Le seul instrument dont je savais jouer était le violoncelle. De sorte que même si j'avais juré de ne plus jamais y toucher, je me suis vue obligée de l'apporter avec moi aux États-Unis. Finalement, j'ai cessé d'en vouloir au violoncelle après avoir joué dans des contextes totalement différents de ceux que j'avais connus auparavant. J'ai même secrètement commencé à y prendre plaisir, en particulier lors de ma participation à de nombreux enregistrements pour d'autres étudiants. Au cours de ces sessions, alors que je réécoutais les enregistrements, je me rendais compte qu'il y avait une myriade d'infimes détails et de nuances au cœur du son qui me fascinaient. Je n'écoutais pas la justesse de l'intonation ni de la technique, mais le son en lui-même. Rapidement, j'ai eu l'envie d'essayer de mieux contrôler tous ces détails, tout en prêtant attention à l'ensemble des caractéristiques physiques de l'instrument. Je pouvais enfin suivre ma propre voie.

III. Fin de l'automne 2009, New York, États-Unis

À l'époque, une amie proche, la compositrice Marina Rosenfeld, était en résidence au Park Avenue Armory de New York. Cette ancienne armurerie pour soldats, qui date du XIXe siècle, possède une hauteur sous plafond d'au moins quatre étages et occupe tout un bloc de bâtiments. Cette nuit-là, probablement la deuxième fois que je me rendais sur place, nous avons décidé de répéter dans l'espace de travail. À cette époque, je traversais l'une de mes crises existentielles annuelles : je n'arrivais tout simplement pas à trouver un sens à la pratique de ce type de musique. Comme vous pouvez l'imaginer, l'Armory a un temps de réverbération assez long, de huit secondes je crois, et il était mis en relief par le dispositif assez brut de Marina qui était constitué de deux gigantesques cornes qu'elle avait fabriquées et posées à même le sol. Je devais jouer en acoustique en plein milieu. De plus, l'espace était assez sombre, ce qui me donnait l'impression d'être dans une grotte. Une fois assise, j'ai commencé à pincer les cordes sans réfléchir, mais la façon dont le son a résonné dans tout l'espace était magique. Je ne pouvais plus m'arrêter de jouer et me suis rapidement perdue dans une sorte de joie profonde rarement ressentie en jouant de la « musique ». Tout à coup, ma crise existentielle se résorbait, alors que j'écoutais la manière dont l'espace me renvoyait les sons.

IV. Fin de l'automne 2012, Berlin, Allemagne

Au début de l'été, mon ami Lasse Marhaug m'avait fait parcourir la Norvège pour enregistrer mon album solo *Ghil* ; il voulait faire en sorte qu'à son écoute, on ait l'impression de le ressentir avec tout son corps. Ayant une confiance totale en Lasse (tant sur le plan musical qu'humain), je suis donc partie dans quasiment tous les endroits qu'il avait repérés, et j'y ai joué de nombreux solos. Nous sommes allés dans un parking, une vieille centrale électrique, une petite cabane sur une colline, et ainsi de suite. Pendant qu'il enregistrait avec son magnétophone à cassette, je n'écoutais pas le son qui sortait de son casque. Tandis que je jouais, il expérimentait avec le micro et trafiquait les boutons de son enregistreur, mais j'ignorais comment tout cela fonctionnait et, pour être honnête, je n'avais pas envie de savoir exactement ce qu'il fabriquait. Quand, des mois plus tard, il m'a envoyé des extraits de cet enregistrement, j'ai eu un véritable choc en les entendant au casque ! C'était absolument fascinant de voir comment il était parvenu à capturer non seulement l'impression auditive du son, mais aussi ce que je ressentais lorsque le violoncelle résonnait contre mon corps.

V. Début de l'été 2013, Oslo, Norvège

Pour la sortie de l'album solo mentionné plus haut, je voulais organiser un évènement mémorable pour mes amis. Étant donné que l'album avait été produit autour d'Oslo, c'était l'endroit idéal pour cela. Après avoir entendu parler de sa réverbération de dix-huit secondes, je me suis dit que le Mausolée Emanuel Vigeland serait tout simplement magique. Quand je suis rentrée dans cet espace, il était très faiblement éclairé pour protéger les fresques murales, de sorte que je distinguais à peine Harald Fetveit en train d'installer les micros pour enregistrer le concert à quelques pas de moi. Plus surprenant encore, je ne comprenais pas un mot de ce qu'il disait. Je me suis vite rendu compte que la seule façon d'utiliser un tel endroit était de jouer avec tout l'espace, pas seulement le violoncelle. C'était à la fois intimidant et stimulant, comme si j'avais dû monter à cheval pour la première fois sans aucun entraînement. Au cours de ma première performance, j'ai essayé d'appréhender l'espace en y projetant une grande variété de sons, un processus exaltant, mais j'ai vite compris que je devais accorder une plus grande attention aux détails pour éviter les redondances ou les clichés. Alors que je me concentrais plus intensément sur l'écoute, les yeux fermés, je n'arrivais plus du tout à distinguer ce que je jouais à ce moment précis. L'espace produisait un son à la fois monumental et intime. De plus, je n'arrivais quasiment plus à sentir mon corps tant la vitalité du son submergeait l'ensemble de mes sens. À un moment, j'ai même dû me forcer à reprendre contact avec le sol pour ne pas avoir l'impression de flotter dans l'espace. La deuxième performance, à laquelle seule une vingtaine d'amis étaient conviés, était absolument transcendante, vraiment immersive – les ondes sonores se propageaient à travers le violoncelle, dans tout mon corps et celui des autres, créant un espace sonore qui me plaçait au centre du plaisir profondément viscéral de la résonance.

FRÉQUENCE DE RÉSONANCE

Couvrez une tasse, un bol, une coquille, une oreille, la caisse de résonance d'un instrument avec du papier. Tapotez (forme d'écriture ou de dessin invisible). Enlevez le papier (sorte d'effacement par l'ouverture). Écoutez la résonance intérieure de l'une de ces chambres, l'un de ces « réceptacles réceptifs ». Chantez à même la bouche d'un autre corps. Serrez ce corps pour que son souffle audible soit expulsé dans une pièce. Ouvrez les fenêtres et les portes. Avancez dans l'infini de l'air vibrant (que l'on désigne par « *out of doors* », l'extérieur). Dans ce domaine de la résonance et du sonnant, les frontières et les transitions sont subtiles au point de dépasser la perception humaine. C'est ce dont parle Jean-Luc Nancy dans *À l'écoute* :

> « Le timbre peut être figuré comme la résonance d'une peau tendue (éventuellement arrosée d'alcool, comme font certains chamans), l'expansion de cette résonance dans la colonne creuse d'un tambour : l'espace du corps à l'écoute n'est-il pas, à son tour, une telle colonne creuse sur laquelle une peau est tendue, mais aussi de laquelle l'ouverture

d'une bouche peut reprendre et relancer la résonance ? Frappe du dehors, clameur du dedans, ce corps sonore, sonorisé, se met à l'écoute simultanée d'un ‹soi› et d'un ‹monde› qui sont l'un à l'autre en résonance[1]. »

Nancy décrit par ailleurs le sonore comme «tendanciellement méthexique (c'est-à-dire dans l'ordre de la participation, du partage ou de la contagion)[2]». Ceci rejoint les idées de Peter Sloterdijk sur le sonnant dans les sphères de l'existence :

« Il s'agit de la communauté auditive constitutive qui intègre les humains dans l'anneau objectif de la faculté réciproque d'être atteint et ‹branché›. Dans l'ouïe, intimité et publicité ont l'organe qui les relie l'un à l'autre. [...] Dans la maison des sons, qui n'a pas de murs, les hommes sont devenus des animaux qui s'entendent. Quoiqu'ils puissent encore être par ailleurs, ce sont des communards sonosphériques[3]. »

Il va de soi que cela s'applique à bien d'autres animaux.

La résonance est un transfert d'énergie, une action à distance, un dialogue entre entités, une magie transformatrice. « Être en résonance avec les électeurs », est une métaphore politique dont le sens de compassion et de soutien intuitifs, implicites ou clandestins,

---

1   Jean-Luc Nancy, *À l'écoute*, Paris, Galilée, 1994, p. 81-82.
2   *Ibid*, p. 27.
3   Peter Sloterdijk, *Sphères I - Bulles, microsphérologie*, tr. Olivier Mannoni, Paris, Pauvert, 2002, p. 566-567.

préfigure des expressions auditives similaires dans la sphère politique contemporaine : la politique du « *dogwhistle* » (discours codé), où les messages toxiques sont à la fois affichés et dissimulés, et la « chambre d'écho médiatique » où la compatibilité des opinions politiques entre en résonance.

Par sa nature subreptice et proliférante, la résonance peut être décrite et vécue comme sinistre. Les ondes sonores sont des perturbations, envahissantes, souvent inexplicables car invisibles, obsédantes et transitoires (excepté dans le souvenir). Concevons un monde inversé dans lequel la réalité serait imaginée ou élaborée comme un flux vaporeux de vibrations et de résonances, dans lequel les mots se dissoudraient en échos iridescents, et où l'aspect physique serait plus diffus, comme perdu dans un état de rêve, dans une auralité se confondant avec le temps. La nouvelle de Victor Segalen, *Dans un monde sonore* (1907), engendre un tel monde[4].

Ce livre est issu des restes d'un projet de collaboration avec Claude Debussy pour un opéra sur le mythe d'Orphée. Alors que leur projet s'embourbait, Segalen continuait à nourrir un espoir touchant, mais Debussy tergiversait. Il se montra critique à l'égard du livret de Segalen et passa à une nouvelle obsession, un opéra basé sur *La Chute de la maison Usher* d'Edgar Allan Poe. Segalen passa lui aussi à autre chose. Au cœur de ces infructueuses discussions, il écrivit et publia *Dans un monde sonore*.

---

[4] Victor Segalen (Max-Anély), *Dans un monde sonore*, in *Mercure de France*, t. 68, n° 244, 15 août 1907, p. 648-668.

Par coïncidence ou non, les premiers paragraphes rappellent l'histoire de Poe. Un narrateur s'approche d'une maison isolée pour renouer avec une vieille connaissance. Dans les deux cas, on trouve une femme dans la maison et les deux hommes que les narrateurs rencontrent souffrent de ce que Poe décrit comme « une acuité morbide des sens » ; Roderick Usher ne supporte plus aucune impression sensorielle hormis les plus insipides. Il peut cependant tolérer les « sons particuliers » émis par des instruments à cordes.

André, l'équivalent d'Usher pour Segalen, est décrit comme un doux dingue, même si son mode de vie est totalement déconcertant. Comme le découvre Monsieur Leurais, la pièce dans laquelle son vieil ami s'est retiré est dotée d'une telle résonance que son récit sur la collecte de données sensorielles auprès des Papous indigènes du Détroit de Torres est transformé, comme s'il passait « au travers d'un orchestre harmonisant ». Hélas, cet effet de bourdonnement constant ne convient pas à l'ouïe hypersensible et « ajustée » d'André. Il intensifie l'effet pour créer une prolongation des syllabes parlées, des « bruissements touffus », des échos bourdonnants et des délais[5].

La scène préfigure, soixante ans plus tôt, *I am sitting in a room* d'Alvin Lucier, où un texte parlé devient inintelligible alors que les fréquences de résonance de la pièce brouillent progressivement le sens des mots, mais elle répond aussi à l'effet synesthésique de la poésie de Stéphane Mallarmé, où les mots et leur musique saturent leurs propriétés respectives. « La musique des

---

5   *Ibid.*, p. 650-653.

couleurs, la musique des mots, tels étaient les slogans de l'époque », écrit Edward Lockspeiser, biographe de Debussy[6]. Dans une « fiction théorique » intitulée *Mallarmé's Nose*, Allen S. Weiss décrit l'obsession de l'esprit « fin de siècle » pour les transferts de perception comme un délire du potentiel, une ivresse où tout ce qui est solide devient vaporeux :

> « À ce moment, Mallarmé a su que non seulement le monde existait pour se transformer en livre, mais que le livre pouvait aussi exister pour être transfiguré en parfum ! *Per fumum*, à travers la fumée ! Alchimie poétique. Il pourrait ainsi sublimer *L'Après-midi d'un faune* en parfum[7] ! »

Un délire similaire a contaminé André : le désir de vivre dans le son, de déjouer la tyrannie de la vue. Des harpes et des cylindres résonnants jalonnent sa chambre ; deux flammes chantantes scintillent dans les tubes du verrophone, précisément accordés pour produire des battements acoustiques. Leurais se rend compte que c'est tout à fait banal, de la physique pure, tandis que le mécanisme de l'installation se dévoile au cœur même de la brume sonore. Segalen connaissait manifestement les expériences du XIXe siècle en matière d'acoustique. On retrouve des dispositifs similaires dans l'étude pionnière d'Hermann von Helmholtz, *Théorie physiologique de la musique fondée sur l'étude des sensations auditives*, parue en Allemagne en 1863.

---

6   Edward Lockspeiser, *Debussy*, J. M. Dent & Sons, 1963, p. 39, tr. Valérie Vivancos.
7   Allen S. Weiss, *Mallarmé's Nose*, in *HEAT no. 13*, 1999, p. 113, tr. Valérie Vivancos.

Elle comporte notamment des sections sur les résonateurs (illustrées par des dessins de vases acoustiques en forme de globes et de bouteilles), ainsi que sur la mécanique de la résonance sympathique, les sons et les battements combinatoires, la composition des vibrations et les sonorités musicales des cordes.

En vivant au cœur du son, André se désincarne (les signes du changement marquent son visage, son « geste d'aveugle » et ses oreilles anormalement actives) et se plonge dans un monde souterrain de résonance et de vibration. Pour lui, sa femme, Mathilde, est perdue car elle refuse de renoncer à la vue comme sens premier. « C'est qu'elle *n'entend* pas dans le noir », se lamente-t-il. L'obscurité est le domaine de l'auditeur. Segalen renverse les idées reçues sur la dégénérescence séduisante du son, faisant de la vue le sens perverti, inversé, ce sens primitif de la vue aiguisée qui permettait aux humains préhistoriques de déchiqueter leur proie.

À ce point de perte dans le récit, le mythe d'Orphée est explicité par Leurais dans sa narration :

> « J'imagine volontiers Orphée, le chanteur des chantres, abandonnant le monde aux milliers de lyres, et descendant aux antres infernaux – par quoi l'on peut symboliser exactement le grossier monde matériel, muet et sourd, le plus ignoble et le plus vrai des mythes que les hommes aient figuré[8]. »

---

8   Victor Segalen (Max-Anély), *Dans un monde sonore*, p. 660.

FRÉQUENCE DE RÉSONANCE

Faisant écho à Debussy, selon qui Orphée n'est pas humain, ni vivant, ni mort, Orphée est ainsi montré comme une allégorie dont l'apogée consisterait à entrevoir une vie dans le son. La matérialité élémentaire se dissout dans ce monde imaginaire ; tout comme la musique (un processus entamé par Debussy, ou d'autres encore, à travers des explorations de l'intérieur résonnant du piano).

Le narrateur de Segalen pose la question suivante : « Quel est le vrai monde ? » Peut-être connaît-il l'intuition d'Hermann von Helmholtz sur la nature inférentielle des sens et leur rôle dans la constitution de notre idée de la réalité. En juin 1908, Segalen écrit :

> « Du fond même des choses.
> ‹J'ay feinct que les choses parloient[9]. »

Elles continuent de parler, mais leur sens est partiellement perdu dans un bourdonnement, des échos, une résonance, une forêt de chuchotements.

---

9   Victor Segalen, *Essai sur l'exotisme*, Paris, Le Livre de Poche, 1986, p.35

PALI MEURSAULT

RETOURS D'ÉCHOS

*Si le son est comme le vent,
alors il ne tiendra pas en place.*
— Tim Ingold

Le festival Échos s'est tenu à quatre occasions dans une vallée un peu perdue des Hautes-Alpes où, face à une immense falaise, trois ingénieurs du son avaient eu l'idée farfelue d'installer des haut-parleurs géants pour amplifier l'écho du lieu. J'ai eu la chance d'y être invité deux fois, d'abord pour y jouer, puis pour y mener un projet de création, qui a abouti à l'édition d'un disque.

Ma recherche se développe à partir d'enregistrements de terrain. La matière électroacoustique de mes compositions se constitue toujours en relation avec les lieux que je rencontre et traverse. Il s'agit parfois d'environnements « naturels », mais ils sont le plus souvent fortement anthropisés, et résonnent d'activités humaines. Dans la vallée du Faï, la situation avait ceci de particulier que l'environnement sonore était non seulement fait de la géographie, du climat et de la vie d'un lieu, mais aussi de la musique de consœurs et confrères, ce qui nourrissait le projet d'enjeux propres à la réappropriation de leurs œuvres. Cette approche fut négociée avec eux en amont, mais c'est aussi le lieu qui la rendait possible. Comme nous l'avons écrit dans le livret du disque, nous savions déjà que « jouer là, c'est se laisser déposséder (plus que d'habitude) des sons que l'on produit, c'est les entendre (presque les regarder) se perdre dans la montagne et en revenir transformés : quelques secondes d'échos et les sons appartiennent déjà à la vallée[1] ». Mon travail a dès lors consisté à recueillir ces sons au même titre que ceux émanant de la géophonie du lieu, sans hiérarchiser ni discriminer le statut des sources.

Toutes celles et ceux qui ont joué là-haut se sont confrontés à un rapport inhabituel à l'espace sonore. Catapultés à travers les trompes, au train de promenade de 320 mètres par seconde jusqu'à leurs points d'échos dans la falaise et retours, nos sons éveillaient un phénomène qui excédait les habitudes de perception spatiale ou l'appréciation d'une coloration acoustique. L'écho s'y dissociait des sources à un point tel qu'il devenait un matériau tangible et autonome : la voix de la montagne articulant ses réponses à nos sollicitations sonores. Avec le temps d'apprivoiser le phénomène, les trompes du Faï et le cirque rocheux de la vallée devenaient un instrument à part entière, un processeur d'effet géant agissant sur la plasticité spatiale et temporelle du son. Le son se transformait, avec chaque mètre parcouru, le long des lignes complexes formées par les reliefs. Les échos en rapportaient de multiples témoignages, une éternité de quelques secondes plus tard.

Bien que le dispositif fût d'emblée fascinant et ludique,

---

1   pali meursault, *(échos)*, Villeurbanne, Dôme, 2018.

il impliquait aussi de désapprendre les habitudes acquises du côté de la maîtrise du signal ou du contrôle de l'acoustique. Il fallait accepter la dépossession, adapter ses gestes et ses sons afin de laisser à la montagne le temps de respirer et de s'exprimer. Certaines et certains étaient déjà aguerris au fait de se confronter à des environnements contribuant significativement à la manière dont la musique sonne, mais je crois que personne n'en avait fait l'expérience à de telles dimensions. En ce qui me concerne, le Faï a été une occasion de déplacer ma pratique et mon écoute, mais aussi d'interroger les techniques et les discours dans lesquels elles sont prises.

Contrôle

En travailleur du son appliqué, j'ai intégré quelques règles d'acoustique, comme celle qui veut que la puissance du signal diminue de 6 décibels à chaque fois que l'on double la distance. Mais plutôt que de considérer la distance comme une perte d'information sonore, ou les réflexions de l'environnement comme un brouillage du signal direct, les expériences contextuelles fortes invitent à renverser le point de vue : à appréhender les parcours du son non plus à partir de ce qu'ils enlèvent, mais de ce qu'ils apportent à la vibration, et les contextes d'écoutes comme des partenaires du jeu musical.

Évidemment, il serait tout à fait injuste d'imaginer que les principes de la « neutralité » acoustique aient toujours prévalu. L'idée de pouvoir abolir ou standardiser les effets de l'environnement sur le son n'est finalement qu'une invention tardive de l'ingénierie, destinée à favoriser la communication et la marchandisation des productions sonores et audiovisuelles : la reproductibilité du signal émis garantissant la reproductibilité de l'expérience elle-même. À l'inverse, on pourrait à juste titre considérer chaque cathédrale comme un environnement acoustique singulier, impossible à reproduire exactement ou à réduire à une norme, comme celles qui conditionnent l'architecture des salles de cinéma ou promeuvent la « fidélité » des technologies d'écoute domestique. Pourtant, les cathédrales n'en témoignent pas moins d'une volonté de contrôler les conditions de perception, leur acoustique contribuant à façonner les subjectivités. En tant que technologies d'écoutes, cathédrales et salles de cinéma diffèrent essentiellement par la manière dont des modèles de pouvoir, exprimés par l'architecture, produisent et structurent l'expérience subjective : dans un cas centralisé dans le lieu du culte, et dans l'autre distribué dans les réseaux du divertissement. On pourrait d'ailleurs arguer que la dévotion vouée à la singularité des acousmoniums se situe quelque part entre ces deux pôles.

Comme Juliette Volcler l'a démontré à travers ses recherches[2], les notions conjointes de contrôle du son et de contrôle par le son ne sont pas réservées à l'architecture. Le son est également au cœur des usages et de la privatisation des espaces publics, ou présent sur les champs de bataille. Pour Athanasius Kircher, l'étude de la propagation du son à travers l'espace ouvert de la campagne était tout aussi importante que celle de ses réverbérations architecturales. Ses cris, lancés depuis la chapelle du Mont Eustachy, ont compté parmi les toutes premières expériences préfigurant l'acoustique

---

2   Voir : Juliette Volcler, *Le son comme arme*, Paris, La Découverte, 2011 ; et *Contrôle*, Paris, La Rue Musicale, 2017.

moderne[3]. À regarder la gravure retraçant les lignes sonores guidées par les « tubes de parole » pour traverser le paysage, il est tentant de former un parallèle avec les trompes du Faï. D'une certaine manière, pourtant, on peut dire des études de Kircher – et cela malgré le caractère ésotérique de la « mécanique fantastique » qu'il décrit – qu'elles balisent les futurs territoires du contrôle sonore : tant le long des vecteurs qui organisent la propagation acoustique, que dans la mesure des effets psychosociologiques que le phénomène produit sur les habitants qui lui en rapportent le « miracle ».

Tissage

L'obstacle de la falaise ne renvoie pas tant le son qu'il ne le diffracte en une multitude d'autres sons. L'écho voyage jusqu'à nous, mais, paradoxalement, ce qu'il nous rapporte est l'échec du « transport » du son, puisqu'au passage il est devenu impossible d'en localiser le point d'émission ou de préserver l'intégrité de la source d'origine. Dès lors, les échos mettent au défi la communication, tout comme la manifestation sonore radiante du pouvoir sur le territoire – tel celui, ecclésiastique, exprimé par les cloches des églises sur le domaine paroissial[4].

Pendant le festival Échos, le public était invité à vivre une expérience acousmatique : plutôt que de former une assistance devant la personne qui jouait, il devenait plus intéressant de se perdre dans la montagne pour trouver un point d'écoute singulier, ou même de se

---

[3] Athanasius Kircher, *Phonurgia Nova (Éd. 1673)*, Hachette Livre BNF.
[4] Voir : Alain Corbin, *Les cloches de la terre*, Paris, Albin Michel, 1994.

déplacer pour ressentir en continu les modulations du son dans l'espace. La complexité infinie des reliefs de la falaise du Faï, façonnés par les hasards de la géologie, ne se soumet pas à la rigidité des vecteurs d'une acoustique architecturée. Pas plus, peut-être, ne cèderait-elle aux plus sophistiquées des analyses par « convolution », car le vent, la rivière, les présences animales et humaines participent aussi des variations imprévisibles de l'environnement sonore.

Le vocabulaire développé par Tim Ingold dans son anthropologie des lignes[5] est peut-être le plus approprié pour éprouver la manière dont les échos du Faï ne sont pas simplement une occasion de complexifier les représentations acoustiques, mais invitent à une toute autre forme d'appréhension sensible de l'espace. Au-delà de la réitération quantifiable d'un phénomène le long des « lignes droites » de « vecteurs » acoustiques, les échos font proliférer les « fils » de l'écoute. Leur entrelacs donne à l'environnement sonore la forme d'un « tissage », qui ne saurait être réduit à une somme d'échantillons. La marche le long des lignes sinueuses tracées par les chemins de montagne devient alors la meilleure façon d'en ressentir les ondulations.

On peut se demander, dès lors, si le fait de fixer cette impermanence à l'intérieur d'un disque était la manière la plus pertinente d'en partager les sensations. Derrière la vanité de la fabrication des objets, pourtant, s'abrite aussi la possibilité de faire encore proliférer l'écoute. Le disque est devenu un écho d'échos, et une occasion de se laisser déposséder un peu plus de sa musique, pour que d'autres lignes se prolongent.

---

5   Tim Ingold, *Une brève histoire des lignes*, tr. Sophie Renaut, Bruxelles, Zones Sensibles, 2011.

DAVID ROSENBOOM

MORPHOGÉNÈSE DE LA RÉSONANCE

La conception et la perception d'un *maintenant* – un présent – est une *résonance*, une boucle finement structurée reliant un passé synthétisé à un futur projeté[1]. Lorsque des modes propres comportementaux apparaissant au sein de boucles de feedback neuronales en auto-oscillation se stabilisent furtivement, des différenciations entre les temps et les espaces deviennent possibles. Les résonances génèrent des temporalités et révèlent des enclaves topologiques. La détection de multiples modes propres émergeant parmi de multiples entités différenciées permet de détecter et de percevoir les champs d'interaction, en délimitant les énergies. Des cercles d'énergie-matière-temps-espace.

Parmi les lignes de passage reliant les éléments dans le paysage hétérogène de ma musique, les métaphores associées à l'émergence résonnante sonnent encore et toujours. Des recherches sur les résonances qui permettent à toute substance palpable d'exister dans l'univers, les consolidations résonnantes des comportements

---

[1] David Rosenboom, « Propositional Music of Many Nows », in Dusan Bogdanovic et Xavier Bouvier (éds.), *Tradition and Synthesis: Multiple Modernities for Composer-Performers*, Lévis, Québec, Les Éditions Dobermann-Yppan, 2018, p. 121-142.

dans et entre les sociétés complexes, les subtils tracés résonnants de pensée, connaissance et croyance, tout cela imprègne les modèles propositionnels de ma pratique de composition. Les compositions reflètent la nature à travers la création de singularités, de particules ou d'unités de perception différenciées. Pour ce faire, elles font appel à la notion de résonance comme une clé pour la création au sein d'un milieu initialement lisse, tel un espace indistinct ou la surface inerte d'un lac calme. La résonance représente la force de rassemblement dans des relations structurées, ce qui délimite l'évolution ontologique naturelle[2].

Les phénomènes de résonance émergent lorsqu'une région différenciable dans un champ ou un milieu d'interaction est excitée jusqu'à un état de déséquilibre énergisé, qui est quant à lui dissipé (désexcité) en organisant l'énergie d'excitation externe, elle-même souvent désorganisée, pour former un spectre de modes de vibration atténués. Des phénomènes de résonance apparaissent également lorsque les états propres de l'énergie d'excitation s'apparentent à ceux d'une zone du champ ou du milieu donné, où les modes de vibration naturels se renforcent jusqu'à ce que l'énergie d'excitation disparaisse ou soit retirée. Les modes vibratoires naturels peuvent également être autoexcités par le biais du feedback. Un facteur d'atténuation est nécessaire pour préserver la structure du système, sans quoi il risque de devenir instable et se désagréger. Le champ ou le milieu altéré doit présenter une propriété *élastique* ou une nature compressible dans

---

[2] David Rosenboom, *In the Beginning* (notes de programme d'une série de huit compositions), Santa Clarita, Californie, David Rosenboom Publishing, 1978–1981. Disponible en ligne sur http://davidrosenboom.com.

les conditions limites, voire une tension fondamentale permettant l'auto-oscillation avec les modes propres naturels dans un espace-temps émergent.

> « En acoustique, le déplacement d'un milieu élastique crée de l'énergie potentielle. La dissipation de cette énergie suit une dynamique parfois chaotique, englobant les effets d'instabilités du milieu (corps vibrant), de son support physique (conditions limites) et sa capacité à se décomposer en de nombreux sous-systèmes de dissipation, intégrés, de plus en plus petits et autosimilaires, évoluant tous autour d'un ensemble d'attracteurs – points dans un espace de phase décrivant des tendances comportementales à l'intérieur d'un système dynamique imprévisible mais déterministe. Nos mécanismes de perception auditive, dans leur quête permanente d'extraction de propriétés globales, établissent des généralisations, identifient des catégories et soumettent ces informations à la conscience en tant que morphologie spatio-temporelle de ce que nous appelons les harmoniques[3]. »

La perception d'une fréquence – un motif ou une structure qui se répète – nécessite du temps, de la mémoire et la capacité de comparer un passé à un présent. De plus, soit le motif doit passer, en un sens, devant le récepteur, soit le récepteur doit passer devant un motif fixe ou une onde stationnaire. Une autre façon de révéler les fréquences d'une onde acoustique est

---

3   David Rosenboom, « Propositional Music: On Emergent Properties in Morphogenesis and the Evolution of Music », in John Zorn (éd.) *Arcana: Musicians on Music*, New York, Hips Road et Granary Books, 2000, p. 203-232.

d'enfermer l'onde dans un milieu délimité épousant sa topologie, comme une corde aux extrémités fixes, la peau d'un tambour, une salle de concert, un canyon, un environnement délimité ou une boîte remplie d'air, dans laquelle les structures ondulatoires se forment au moment où l'énergie est transmise au système, se réfléchissent au-delà des limites et interagissent en dissipant l'état de non-équilibre du système pour le remettre en état d'équilibre.

La résonance implique également un *couplage*, dans lequel la forme propre d'un système est transférée à un autre. « Ainsi, l'information est transmise et peut être propagée à travers un milieu (population de systèmes), produisant une sorte de diffusion spatiale de la forme propre[4] ». L'interaction entre des résonances multiples peut alors générer une hiérarchie possible entre les résonances liées à un même réseau. Ainsi, un espace-temps composé de liens fibreux – indépendamment de toute grille de référence sous-jacente – peut voir le jour. Lorsque les liens bidirectionnels sont suffisamment forts, il se peut que de nouvelles résonances apparaissent et que les éléments du réseau soient propulsés dans de nouveaux modes vibratoires. Ce processus a été décrit comme une *œuvre morphodynamique*, pouvant conduire à une évolution auto-organisée[5].

Les étoiles tintent, tintent comme des cloches. Les modes naturels de vibrations sismiques du Soleil – imaginés pour influencer de subtiles transformations des lignes musicales dans un arboretum émergent et

---

4 *Ibid.*
5 Terrence William Deacon, *Incomplete Nature*, New York, W.W. Norton & Company, 2013.

contrapuntique – ont inspiré ma composition pour piano de 1997-1998, *Bell Solaris* : « ... le Soleil tinte comme une cloche, initiant des vagues d'influence qui traversent, façonnent et créent l'espace, le temps et la vie[6]. » Dans le domaine de l'*astérosismologie*, on étudie les modes d'oscillation et l'activité sismique des étoiles. Les systèmes stellaires binaires peuvent présenter un couplage lorsque les périodicités et les discordances de leurs orbites, les modes d'oscillation libre et les forces des marées sont suffisamment proches pour se lier dans des modes complexes qui se renforcent mutuellement. Des instabilités peuvent également apparaître, forçant parfois le système couplé à adopter de nouveaux modes[7].

Un atome à électrons multiples peut être traité de façon semi-classique comme un ensemble d'oscillateurs harmoniques, chacun ayant une fréquence de résonance et une énergie de liaison particulières, ce qui permet un processus d'excitation-désexcitation résonante avec un facteur d'atténuation. Lorsqu'une énergie externe (photon) l'atteint, vibrant à une fréquence proche de celle de l'un de ces oscillateurs harmoniques, elle peut être absorbée, augmentant ainsi l'état d'excitation de l'électron. Un processus de désexcitation et l'émission d'un photon s'ensuivent. Il s'agit ici d'un exemple de diffusion résonnante élastique[8].

---

[6] David Rosenboom, *Bell Solaris, Twelve Movements for Piano, Transformations of a Theme*, Santa Clarita, Californie, David Rosenboom Publishing, 1997–1998. Disponible en ligne sur http://davidrosenboom.com.
[7] Conny Aerts, Jørgen Christensen-Dalsgaard, et Don W. Kurtz, *Asteroseismology*, Dordrecht, Springer, 2010.
[8] Joachim Stöhr et Hans Christopher Siegmann, *Magnetism: From Fundamentals to Nanoscale Dynamics*, Berlin, Springer, 2006.

Le cerveau peut être considéré comme un assemblage interne de réseaux résonnants extrêmement interconnectés qui sont, en outre, reliés à de nombreux systèmes récepteurs et effecteurs permettant à l'organisme d'interagir avec le monde physique externe. En 2014-2015, j'ai collaboré avec Tim Mullen et Alexander Khalil pour créer un nouveau projet de musique d'ondes cérébrales appelé *Ringing Minds*. En voici la description :

> « ... un projet artistique complexe, multidimensionnel, multimédia et multi-agent en IND [Interface Neuronale Directe], qui explore de nouvelles possibilités de feedback contingent et non-contingent, les concepts de ‹ public en tant qu'interprète ›, la complexité et les formes structurelles de la musique et du cerveau ainsi que la résonance parmi et entre les auditeurs et les interprètes. *Ringing Minds* utilise des techniques d'‹ hyperscan › en temps réel pour modéliser les potentiels liés aux événements (ERPs) et les propriétés de résonance de l'activité neuronale mesurée simultanément dans un groupe d'individus engagés dans une écoute imaginative active pendant une performance musicale en direct[9]. »

Les modes résonnants appelés MOP (Motifs d'Oscillation Principale) ou modes propres dans les électroencéphalographies de quatre interprètes, considérés comme un seul grand cerveau, ont été interfacés avec

---

9   David Rosenboom et Tim Roger Mullen, « More than One—Artistic Explorations with Multi-agent BCIs », in Anton Nijholt (éd.), *Brain Art: Brain-Computer Interfaces for Artist Expression*, Cham, Springer Nature, 2019.

un grand ensemble de résonateurs complexes dans un instrument de musique informatique utilisant à la fois des fonctions d'excitation simples et stochastiques et des propriétés d'atténuation. L'écoute du champ de relations qui émerge dans cette œuvre entre les musiciens, les auditeurs actifs et imaginatifs, les champs sonores résonnants et la dynamique des interprètes équivaut à écouter l'évolution.

La cocommunication créative dans de telles expériences peut résulter en des instances de cocréation reconnues dans les résonances qui se produisent entre toutes les entités distinctes dans les différents *instants t*. Une vision fibreuse de l'espace-temps émerge, dans laquelle des réseaux de couplages résonnants produisent des espaces-temps indépendants et localisés pour chacun d'eux, ce qui remplace le besoin d'un champ global en arrière-plan. Chacun de nous peut être individuellement composé et déterminé par des espaces de configuration pour l'univers tout entier se manifestant depuis chaque point de vue particulier et imprévisible à travers de telles résonances. Dans la mesure où chaque individu vit une expérience différente, un présent différent, les réalités temporelles que nous considérons comme telles sont synthétisées de manière individuelle.

Les échelles de temps du traitement de l'information dans le cerveau vont d'environ 1 milliseconde au niveau de la synapse à environ 200 secondes au niveau du cortex, prolongé par la mémoire pour englober la durée de vie de l'organisme. On peut donc spéculer sur les échelles de temps du traitement de l'information de l'ensemble de la biomasse. On peut trouver des indices sur la dynamique d'auto-organisation à n'importe quel niveau d'analyse. Les modèles créés par les oscillations résultent généralement de phénomènes collectifs, les oscillations prennent tout leur sens dès lors qu'elles sont couplées ou corrélées temporellement à d'autres événements, à diverses échelles. On le voit dans les tendances au verrouillage de phase des modèles et à la synchronisation des fréquences dans les populations qui évoquent des phénomènes résonnants. Les souvenirs sont aussi des résonances ; ils font partie de ce que nous sommes aujourd'hui, ce que nous choisissons de désigner comme appartenant à un concept que nous synthétisons à partir des vraisemblances ou des probabilités, et que nous calculons pour déterminer comment le présent que nous vivons pourrait être organisé et qualifié de passé. Il en découle que du point de vue du présent dont nous faisons l'expérience, le mouvement vers le passé équivaut au mouvement vers l'improbable, et le mouvement vers le futur équivaut au mouvement vers le probable.

Le son, la résonance et la perception auditive fusionnent dans la musique. Le son n'est rien d'autre que les choses telles qu'elles sont. La perception auditive est une passerelle entre le son et l'audition, un lien entre la nature des choses et l'expérience. L'audition est l'observation de notre contribution sensorielle dans sa totalité et la connaissance de nos mécanismes de synthèse des engrammes de la mémoire, nos représentations intérieures des expériences sonores. L'écoute est une pratique active en interaction avec notre propre nature et le son comme tel. Si nous faisons de la musique, nous devons être nous-mêmes face aux décisions et aux actions que nous choisissons afin d'inventer des mondes intérieurs et extérieurs impliquant le son.

Faire de la musique revient donc à tenter de connaître et comprendre ces décisions et ces actions.

Au plus profond de ces phénomènes demeurent aussi des *incertitudes* fondamentales et naturelles qui étreignent toutes les frontières censées différencier les choses entre elles. Il arrive souvent que des résonances spontanées, stimulantes, imprévisibles et déviantes se déploient et s'épanouissent à cet endroit. L'omniprésence du bruit est, de fait, essentielle à la dynamique des résonances. Elle sert à la fois à activer des faisceaux de résonance qui engendrent une substance potentielle et à assurer un degré d'instabilité, nécessaire pour atténuer ce qui pourrait autrement se transformer en résonances suramplifiées, capables de détruire un système. Appréhendés dans un esprit d'ouverture, ces écarts vis-à-vis du « connaissable » sont à même d'alimenter allègrement des découvertes créatives et des potentialités de nouveauté et de renaissance, voire des *Résonances déviantes*[10].

---

10   Davis Rosenboom, *Deviant Resonances, Live Electronic Music with Instruments, Voices & Brains*, Double CD, North Hampton, Ravello Records, Parma Recordings, 2019.

CHRIS CORSANO

IMPROVISATION ET RÉSONANCE

Je conçois la notion de résonance dans l'improvisation comme une sorte de boucle de feedback : la sortie alimente l'entrée, l'entrée alimente la sortie... et ainsi de suite. C'est l'inverse du processus qui consiste à « faire sonner une salle », le procédé par lequel un ingénieur du son trouve les fréquences de résonance dans un espace et règle la console de mixage en conséquence pour atténuer ces fréquences dans le système de sonorisation et les retours afin d'éviter un larsen indésirable. En « improvisation résonnante » (je prends la liberté d'inventer ce concept), il s'agit pour le groupe de se « faire sonner » lui-même pour créer un système de feedback intentionnel. Quand on a recours à ce type de méthode, on tente de mêler avec fluidité ses propres sonorités à celles du groupe, tout en laissant le son du groupe dicter ce que l'on fait. Bien entendu, pour cela on peut s'aider de la hauteur et du timbre. Mais peut-être plus important encore, on peut trouver des résonances à des niveaux plus abstraits en accédant à une émotion/une sensation/un toucher/etc. partagés – ce qui a pour effet de faire fusionner des individualités au sein du groupe. Certains musiciens ou musiciennes ont une étonnante capacité à créer de telles résonances. À une époque, je jouais beaucoup avec Matt Heyner, un excellent contrebassiste. Un jour, au début de notre collaboration, j'ai eu l'impression que mes membres étaient en symbiose avec ma tête et mon cœur de manière inhabituelle et que mes idées et mes choix coulaient librement, en harmonie avec ceux de Matt. Pendant un moment, mon ego m'a fait croire que ma pratique avait porté ses fruits et que mon jeu s'était amélioré. Je me suis heureusement vite rendu compte que c'était, en réalité, le jeu de Matt qui me mettait plus à l'aise que d'ordinaire. Il improvisait de façon à consolider notre son (au moyen du rythme, de la hauteur, de l'intensité, etc.) nous offrant ainsi le meilleur cadre de jeu possible. Il ne s'agissait absolument pas pour lui de disparaître en arrière-plan, musicalement parlant. Il y parvenait en endossant aussi bien des rôles de soutien que de premier plan. À mon sens, pour en arriver là, il faut être capable de s'engager simultanément dans « l'écoute profonde » (*deep listening*) et le « jeu profond » (*deep playing*).

L'improvisation libre ne consiste pas à faire ce que l'on veut simplement parce qu'on le peut. Ce serait un jeu d'enfant, voire de nourrisson, du moins selon la théorie du développement cognitif de Piaget : les enfants de deux à sept ans, au stade préopératoire, n'ont pas encore décodé la façon d'adopter le point de vue de l'autre. L'aspect libre de l'improvisation est plutôt une invitation à l'action : vous devez faire tout ce qui est nécessaire pour libérer les autres afin qu'ils donnent le meilleur d'eux-mêmes. Bien entendu, vous êtes libre (encore et toujours le mot « *free* ») de le faire de la manière qui vous semble la plus juste, et la boucle est bouclée.

« Jouer en profondeur » (une autre invention) consisterait, à mon sens, à faire de la musique tout en cherchant à provoquer des résonances interpersonnelles. Dans une conférence de 2015 sur l'écoute profonde, Pauline Oliveros dit : « La profondeur est liée à la complexité, aux frontières ou aux limites, au-delà des appréhensions ordinaires ou habituelles ». Par conséquent, selon moi, un jeu profond reviendrait à la capacité de brouiller les frontières entre les personnes avec lesquelles on joue « au-delà des appréhensions ordinaires ou habituelles ». L'écoute profonde nous incite à prendre en compte l'ensemble du monde sonore environnant, y compris l'acoustique du lieu et ce que les esprits les plus étriqués peuvent considérer comme un son « insignifiant ». Pour citer à nouveau Oliveros : « Pour moi, la profondeur alliée à l'écoute, ou ‹ l'écoute profonde ›, c'est apprendre à élargir notre perception du sonore pour y inclure le continuum espace-temps du son, en se confrontant, autant que possible, à l'ampleur et à la complexité des choses ». Le jeu profond, serait alors la création de cette entièreté du son à travers nos actions, qui agrègent en toute fluidité les matières sonores qui nous entourent.

La résonance et le jeu profond sont dotés d'une qualité intangible liée à des concepts difficilement quantifiables, tels que la « sensation », le « toucher », voire « l'émotion ». Pour reprendre, là encore, Pauline Oliveros, cela se situe « au-delà des appréhensions ordinaires ou habituelles ». Si vous tenez absolument à aborder ce point comme un scientifique, vous pouvez essayer de décomposer ce phénomène en examinant les microajustements de temps, de dynamique, de timbre, de hauteur, etc. qui donnent aux musiciens et musiciennes leurs voix singulières, mais j'imagine que ce système laisserait fatalement de côté certaines choses, peu importe le nombre de paramètres étudiés. (Cela, bien sûr, n'engage que moi… j'aime bien inclure une dose de réalisme magique dans mon esthétique du son.) J'aimerais ajouter que le jeu profond doit intégrer l'écoute profonde. Vous écoutez et assimilez tout ce qui se passe autour de vous pour pouvoir apporter votre contribution à une synergie globale. Agir et réagir, stimuler et répondre, le tout simultanément.

Soit dit en passant, le jeu profond n'est en aucun cas un domaine réservé à la musique improvisée. Prenez l'une des plus grandes sections rythmiques au monde, par exemple : George Porter Jr. (basse) et Ziggy Modeliste (batterie) du groupe funk de la Nouvelle-Orléans, The Meters. Leur connexion est à ce point extraordinaire, dans sa subtilité et sa profondeur, que leurs sons individuels deviennent quasiment indissociables ; ils se complètent mutuellement. C'est à mes yeux un parfait exemple de résonance esthétique. Dans une interview pour *Modern Drummer* (juillet 2017), Modeliste déclare : « En concert, les batteurs et les bassistes doivent presque fusionner pour pouvoir créer l'effet désiré ». Le jeu profond, c'est cette fusion d'individus, qui ne se limite pas à la seule section rythmique, même si elle constitue une relation résonnante capitale pour toutes sortes de musiques.

Je parlais récemment avec la violoniste Samara Lubelski de son duo avec la guitariste Marcia Bassett. Samara décrivait justement ce phénomène, à savoir le moment où vous ne parvenez plus à distinguer qui produit tel ou tel son. Elle disait avoir l'impression que

Marcia rentrait dans sa tête. J'ai vu leur duo jouer, et je peux témoigner de leur grand talent. Je suis mal placé pour dire ce qui en fait un duo parfait, mais c'est peut-être lié à ce concept de jeu profond.

Je suis dans une position (ou j'ai le luxe ?) d'être un praticien, non un théoricien, ni un professeur ou un journaliste. Ma préoccupation première (sauf au moment où j'écris ces lignes) ne consiste donc pas à formuler ces choses avec des mots, et encore moins à les intégrer à une théorie/un manifeste/une doctrine. Je soupçonne le fait que dès lors que je commence à écrire sur les ressorts de l'improvisation, quelque chose est déjà perdu. Comme pour la plupart des langages musicaux, la métaphore s'impose assez rapidement mais une métaphore trop étirée finit par se disloquer. Avec tout le respect que je dois à Pat Benatar, l'amour est un champ de bataille… jusqu'à ce qu'il ne le soit plus. Par ailleurs, on parle ici d'une musique qui repose sur le moment présent, alors théoriser sur un moment complexe que je n'investis pas au présent génère forcément pléthore d'imprécisions et de demi-vérités. Je pourrais avancer, par exemple, que se perdre dans une musique collective est un but en soi. Serait-il pour autant exact d'affirmer que l'improvisation est systématiquement « bonne » dès lors que l'on s'y abandonne ? C'est peu probable. En tant que praticien, mon souci majeur est de produire un « bon » résultat, quels que soient les moyens pour y parvenir (une cible mouvante, de toute évidence). Je vais donc peut-être m'en tenir là : l'improvisation résonnante est une approche susceptible, du moins dans certains cas, de produire des résultats stupéfiants.

ELLEN FULLMAN

LA FACTURE D'INSTRUMENTS COMME COMPOSITION, LA RÉSONANCE COMME HARMONIE

De manière empirique, je suis parvenue à des conclusions sur les propriétés physiques de mon instrument, et mon travail de composition se fonde sur ma perception des qualités intrinsèques et authentiques de cet instrument. Je cherche des résonances. La résonance elle-même est un plaisir universel. Qui donc peut résister à l'envie de crier dans un tunnel et d'écouter ce que l'écho lui répond ? Pour faire simple : une harmonie plus complexe exige une production timbrale plus lisse, à l'image du grain du bois, dont les détails se révèlent proportionnellement à la finesse du ponçage. La physique de la vibration des cordes me fascine. Je ne veux pas imposer d'expression ou de gestes inutiles, mais en affinant ma technique de jeu, j'espère révéler et partager ce que je découvre alors que j'écoute le spectre des harmoniques se déployer.

Pendant quatre ans, j'ai étudié la musique vocale de l'Inde du Nord avec Anita Slawek à Austin, au Texas. Anita disait : « Quand tu es vraiment accordée, la musique se joue toute seule. » La résonance sympathique, c'est comme si l'on tirait un fil infini. Les harmoniques d'une corde peuvent se mélanger aux harmoniques d'une autre et former de nouvelles harmonies dans une strate secondaire. Quand je maintiens mon instrument parfaitement accordé, alors mon travail peut avancer en terre inconnue.

Ce sont les propriétés physiques de mon instrument qui déterminent la méthode utilisée pour l'accorder. Étant donné que je courbe la corde dans le sens de la longueur, le mode longitudinal est sollicité et l'accord ne peut être effectué qu'en changeant la longueur ou l'alliage de la corde. Sur mon instrument, la longueur vibratoire de chaque corde est délimitée par un capodastre, et soigneusement accordée en raccourcissant ou en allongeant son placement. Toute corde, incluant celles de mon instrument, vibre selon de multiples modes, faisant résonner le son fondamental sur toute sa longueur, ainsi que les sons issus des portions de cette longueur. Atténuer une corde à un point nodal, sur un segment précis, isole cet harmonique. La superposition graphique des points nodaux révèle un motif de partiels harmoniques supérieurs sur toute la longueur d'une corde en vibration. Au centre de la corde, le motif s'inverse pour repartir vers l'autre bout. Sur le *Long String Instrument*, les motifs spectraux des harmoniques sont exprimés par chaque longueur de corde. Lorsque l'on marche en jouant un accord, c'est comme si des engrenages tournant à différentes vitesses jouaient et répétaient des airs fragmentés. Même avec une harmonie

LA FACTURE D'INSTRUMENTS COMME COMPOSITION, LA RÉSONANCE COMME HARMONIE

simple et épurée, le filtrage produit par mon instrument est une matrice complexe de partiels étendus. Durant le processus de composition qui se fait en marchant, je repère les zones qui m'intéressent tout le long de mon instrument, et je les cartographie à l'aide de ma notation en tablature, les associant aux nombres que je place sous les cordes selon des intervalles métriques.

Mes compositions et mes performances sont totalement liées à la production et à l'excitation des ondes par résonances sympathiques. Les résonances les plus importantes sont obtenues grâce à des intervalles de rapport simple et dont les formes d'onde périodiques s'alignent fréquemment, comme pour la quinte pure, ou le rapport 3/2. L'énergie d'un son en excite un autre, réduisant ainsi l'énergie et la pression requises lors du frottement pour l'entretenir. Avec une résonance sympathique, mon instrument produit un timbre plus doux, plus agréable, moins saccadé. Jouer de mon instrument, c'est comme marcher ou nager dans un fort courant. Si l'harmonie change trop radicalement, on a l'impression d'aller à contre-courant – on se heurte au chaos, à la resistance, et à la puissance de ce qui a été mis en mouvement. Le son semble « hoqueter », la corde refuse catégoriquement de s'exprimer.

Avec toutes ces forces en jeu, il serait tentant de composer des œuvres qui s'étirent à l'infini sur la même tonalité. De fait, dans ma pratique quotidienne, je me surprends à ne jouer qu'un seul accord sur de longues durées et à découvrir de subtiles variations à travers les arpèges et les changements dynamiques. Dans ma composition, cependant, je cherche plus de mouvement, ainsi que des manières de construire une musique qui se rapproche de formes sculpturales, ou encore d'une harmonie qui paraisse se déformer ou se retourner. Ma stratégie pour composer des modulations harmoniques adaptées à cet instrument consiste à provoquer un fléchissement, à l'instar d'un voilier qui se sert du vent. Les harmonies secondaires des partiels supérieurs peuvent être utilisées comme autant de pivots pour faire basculer une tonalité vers une nouvelle zone. Il est à noter qu'une telle transition sur mon instrument se produit dans le temps, mais aussi dans l'espace, car des harmoniques spécifiques émergent à des endroits précis le long de la corde.

J'ai toujours réfléchi aux possibilités de modification de mes résonateurs acoustiques (dont les dimensions dépendent des restrictions des compagnies aériennes et de la longueur de mes bras) pour en augmenter le volume, accentuer les fréquences graves et apporter plus de clarté dans les harmoniques. Je suis une compositrice qui, pour citer Harry Partch, « s'est laissé[e] séduire par l'ébénisterie ». J'ai demandé à des luthiers de fabriquer des prototypes, mais à un moment, il m'est apparu nécessaire d'apprendre le procédé de fabrication pour aller plus loin dans mes idées. Ayant été formée à la sculpture, j'ai commencé à travailler le bois jusqu'à me sentir à l'aise dans la fabrication d'objets. Ces dernières années, je me suis consacrée à des stages de plusieurs mois consécutifs, uniquement dédiés au travail du bois, en me focalisant exclusivement sur la conception de résonateurs. Je trouve ce travail très exigeant sur le plan physique. Il demande par ailleurs un tout autre état d'esprit que celui de la performance ou de la composition – lorsque je travaille le bois, je ne peux rien faire d'autre. De plus, ma pratique musicale

LA FACTURE D'INSTRUMENTS COMME COMPOSITION, LA RÉSONANCE COMME HARMONIE

en studio est perturbée par les tests : les résonateurs ne cessent de bouger. Récemment, j'ai eu la chance de tomber sur un enseignant exceptionnel, Tony Smith, qui devrait être reconnu comme « Trésor humain vivant », si seulement nous avions de telles valeurs aux États-Unis... Non seulement Tony est luthier, mais il a aussi fabriqué des répliques de meubles Louis XVI dignes d'un musée. Grâce à Tony, j'ai appris les techniques de rabotage manuel, de sculpture sur bois, d'assemblage par ressorts et de vernis de gomme-laque au tampon. Je découvre ainsi les bois de lutherie : le taraudage, la sculpture et les plaques d'accord. Mes résonateurs sont conçus pour être modulaires. Les tables d'harmonie et les plaques de fond sont interchangeables et amovibles, glissant à travers un embrèvement sans colle dans le cadre, maintenu en place et plaqué par la tension des cordes. Je peux ainsi tester les différences de son en changeant les tables d'harmonie et en les combinant avec différents cadres. J'expérimente avec des bois de lutherie traditionnellement utilisés pour fabriquer des instruments à cordes, ce qui me permet de découvrir pourquoi on leur accorde autant de valeur. Lorsqu'on le frappe, un morceau brut d'ébène ou de palissandre peut sonner comme une cloche, avec une résonance longue et profonde. Mes expériences actuelles me ravissent, elles produisent des sons que j'ai toujours rêvé d'entendre.

SANS TITRE

Quand on m'a demandé de rédiger un texte sur le travail de The Caretaker, je ne tenais pas vraiment à parler des techniques utilisées, ni du style, ni de l'approche globale de ce projet. Alors, dans le cadre plus large de la résonance, j'ai décidé de parler de quelques souvenirs liés à The Caretaker, souvenirs qui font échos à ma décision de créer ce projet, et qui m'ont montré que j'étais sur une sorte de bonne route. J'aime beaucoup la sérendipité, et j'utilise le hasard dans bon nombre de mes œuvres.

Revenons à la fin de l'année 1999… J'étais alors à New York pour donner quelques concerts de V/Vm. La première version de *Selected Memories From the Haunted Ballroom* de The Caretaker venait d'être autoéditée. Comme *The Shining* avait eu une influence majeure sur ce projet pendant sa création, entre 1996 et 1999, je cherchais désespérément une image haute définition du plan final du film pour éventuellement l'intégrer au visuel. Par hasard, ma petite amie de l'époque séjournait elle aussi à New York avec sa mère. Nous nous sommes donc retrouvés et elle m'a dit : « Il faut vraiment que tu rencontres la dame chez qui nous logeons ». Je me suis donc rendu à cet appartement dans le quartier de Chelsea et j'y ai rencontré une femme âgée, prénommée Sybil. Elle était pleine d'énergie, très en forme pour son âge, et l'après-midi s'est bien passé. Sybil semblait aussi s'intéresser à mon travail, alors je lui ai laissé un CD de The Caretaker, précisant seulement qu'il contenait de la vieille musique de bal des années 1930, retravaillée dans le but de générer des souvenirs.

Quelques jours plus tard, dans le cadre d'un concert à Miami, je me suis retrouvé à Fort Lauderdale. Pendant ce séjour, j'ai dit à la personne qui m'hébergeait que je n'avais pas réussi à trouver d'ouvrage comportant l'image de *The Shining* que j'aurais voulu utiliser. Elle m'a répondu : « Nous avons une super librairie ici, allons voir si on peut y trouver des livres sur Kubrick ». On y est allé, et immanquablement, il y avait là un livre intitulé *Stanley Kubrick, Director—A Visual Analysis*, et à la page 308, le plan du film que je cherchais depuis trois ans.

J'ai immédiatement acheté ce livre, mais la première version du projet était alors déjà sortie. Je n'avais donc plus besoin d'utiliser l'image, ce qui, à plusieurs titres, était préférable.

En lisant le livre, au cours du voyage qui a suivi, j'ai remarqué que l'un des auteurs s'appelait Sybil Taylor et – vous l'aurez deviné – il s'agissait bien de la même Sybil rencontrée quelques jours auparavant à New York. Je l'ai évidemment contactée pour lui faire part de cette coïncidence, et elle est devenue fan du CD que je lui avais laissé.

De tels moments fortuits ou de telles coïncidences ne me surprennent pas. Mais avançons encore pour arriver en 2010, au moment où je suis retourné à New York. J'avais passé une soirée totalement dingue avec Sean Canty de Demdike Stare, une nuit à courir après l'alcool et les ombres, et je me suis retrouvé le lendemain avec une sacrée gueule de bois due aux rasades dorées de whisky dans les bars. Miles Whittaker et Sean m'ont traîné dans ce piètre état pour acheter des disques, ce que je n'avais pas fait depuis mon déménagement de Manchester à Berlin plusieurs années auparavant.

Dans un magasin, j'ai remarqué une section de vieux vinyles délaissés. Tout dans le magasin était cher, sauf ce bac rempli de vieux disques de bal et de swing. J'ai dépensé environ quinze dollars pour douze albums, avec pour unique repère les titres des morceaux et les sentiments qu'ils m'évoquaient. Juste après, les mecs de Demdike ont voulu continuer à fouiner dans les magasins de disques de Brooklyn, mais terrassé par la beuverie de la veille, j'ai préféré passer l'après-midi à récupérer.

À leur retour, ils m'ont dit que le magasin dans lequel ils étaient entrés après mon départ jouait la musique de The Caretaker, chose dont, à ce jour, je n'ai jamais fait l'expérience. Un autre signe peut-être. À ce moment-là, je n'avais aucune intention de sortir un autre album de ce projet car pour moi, il était allé assez loin. J'ai changé d'avis une fois rentré à Berlin, où je vivais dans un appartement équipé d'une platine vinyle sur laquelle j'ai joué tous ces disques. J'ai immédiatement ressenti l'état et l'émotion qu'ils induisaient. Le hasard a également voulu que, de temps en temps, l'aiguille de la platine s'arrête de fonctionner correctement, ce qui altérait la lecture, alors bizarrement teintée d'une sonorité organique que le numérique n'aurait pu et ne peut à ce jour reproduire.

J'ai enregistré tous ces vinyles, aussi bien quand la platine fonctionnait que lorsqu'elle était défectueuse, et cet ensemble d'enregistrements, augmentés de quelques traitements, est devenu *An Empty Bliss Beyond This World*. Un album qui n'était pas censé voir le jour et que je n'avais pas prévu d'enregistrer. À la même époque, je lisais beaucoup d'articles sur la démence, l'amnésie et les troubles de la mémoire, et cela s'est inconsciemment glissé dans le projet et mes choix de boucles.

J'ai passé quelques mois à peaufiner ces enregistrements pour obtenir la version finale, et au cœur du processus, j'ai ressenti un étrange glissement de la mémoire. Chaque jour, à la même heure, j'écoutais ces morceaux en marchant dans mon quartier, souvent imbibé des excès que l'on peut associer à Berlin, errant en suspens au-dessus du sol instable de la ville. Je n'avais pas prévu de sortir ces morceaux, mais au bout d'un moment, je me suis mis à fredonner des mélodies qu'il m'était difficile de situer jusqu'à ce que je réalise qu'elles provenaient de cette musique que j'avais fabriquée.

Je me souviens très bien d'un jour où j'ai douté de la pertinence de sortir un autre album de The Caretaker – être seul à profiter de cette musique me suffisait. Quelque chose dans l'humeur qu'il captait et transmettait m'a toutefois donné envie de le publier car c'était une proposition singulière, et il y avait quelque chose de magique à ce qu'il puisse tout simplement exister. Dès sa sortie, cet album a connu un grand succès critique et je n'aurais jamais pu imaginer qu'il puisse atteindre, par sa simple existence, le public qui est aujourd'hui le sien. Ces musiques m'ont trouvé tout comme le public a trouvé cet album, d'une façon organique.

Sa portée a évidemment été facilitée par la peinture exceptionnelle de mon vieil ami Ivan Seal. Tous ces éléments situent ce travail hors du temps, et le placent dans son propre espace. Pour moi, il s'agit d'une œuvre vraiment pure.

Aujourd'hui, alors que la série *Everywhere at the End of Time* vient de s'achever, je continue à faire des enregistrements de The Caretaker pour moi seul, quand l'humeur s'y prête. J'en suis encore une fois au point où je n'envisage pas de publier d'autres œuvres de ce genre. En guise de post-scriptum, j'ajouterai que je ne suis pas retourné à New York depuis 2010. À l'occasion de ma prochaine visite, je pourrais peut-être compléter la trilogie d'événements fortuits, de moments et de signes dont j'ai fait l'expérience singulière dans cette ville à travers ce projet.

Je tiens à préciser que je me souviens très bien de tous les épisodes décrits ci-dessus. Je les ai réécrits et cristallisés dans mon esprit en me remémorant constamment chaque détail au fil des ans, au point où je ne suis plus vraiment sûr qu'ils aient vraiment eu lieu.

BIOGRAPHIES

MARYANNE AMACHER (1938-2009) est une compositrice, créatrice d'installations sonores éphémères à grande échelle, et une théoricienne novatrice en matière de perception, de spatialisation sonore, d'intelligence créative et d'architecture auditive. Elle est souvent considérée comme une pionnière de ce que l'on nomme aujourd'hui l'art sonore. Sa pensée et sa pratique créative ne cessent toutefois de questionner les hypothèses primordiales liées aux possibilités et aux limites de ce champ encore émergent. Souvent associé à une lignée post-cagéenne, son travail préfigure les grandes avancées en matière de culture de réseau, d'arts des nouveaux médias, d'écologie acoustique et de théorie du son.

CHRIS CORSANO (né en 1975 aux USA) est un batteur qui, depuis la fin des années 1990, œuvre à la croisée de l'improvisation collective, du free jazz, de l'avant-rock et de la musique *noise*. Corsano a collaboré avec de nombreux artistes dont il partage la sensibilité, à travers plus de 150 disques et 1000 concerts. Il a notamment travaillé avec Paul Flaherty, Paul Dunmall, Joe McPhee, Björk, Okkyung Lee, Evan Parker, Mette Rasmussen, John Edwards, Sylvie Courvoisier, Bill Nace, Nate Wooley, Jim O'Rourke et Akira Sakata, Merzbow, Jessica Rylan, Nels Cline, Heather Leigh, Ghédalia Tazartès, Ken Vandermark et Sunburned Hand of the Man.

ELLEN FULLMAN Depuis plus de 30 ans, Ellen Fullman développe son installation, le *Long String Instrument* (instrument aux longues cordes). À travers des compositions et improvisations collaboratives, elle explore l'acoustique de grands espaces résonnants. Elle a reçu de nombreux prix, dont la Foundation for Contemporary Arts Grants to Artists (2015). Elle a été artiste en résidence au DAAD de Berlin (2000). Parmi ses albums on trouve *The Long String Instrument* (Superior Viaduct, 2015), initialement sorti en 1985 sur Apollo Records et choisi par The Wire comme la meilleure réédition de 2015. Le travail de Fullman a notamment été cité par Alvin Lucier dans son *Musique 109 - Notes sur la musique expérimentale* (Heros-Limite Editions, 2019).

CHRISTINA KUBISCH Née à Brême en 1948, Christina Kubisch a étudié la peinture, la composition et la musique électronique à Hambourg, Graz, Zurich et Milan. Parallèlement à sa pratique d'artiste sonore et d'interprète, elle compose de nombreuses œuvres électroacoustiques, instrumentales et radiophoniques. Issue de la première génération d'artistes sonores, elle a développé de multiples techniques artistiques qui reposent sur l'induction électromagnétique, l'énergie solaire et des dispositifs lumineux spécifiques. En 2003, elle débute une série de promenades électriques (*Electrical Walks*) où des casques spécialement conçus permettent au public d'écouter les ondes électromagnétiques secrètes du monde environnant. Kubisch a enseigné les arts audiovisuels à Berlin, Paris, Sarrebruck et Oxford. Elle est membre de l'Akademie der Künste de Berlin. Ses installations, compositions et œuvres audiovisuelles sont présentées à travers le monde.

BIOGRAPHIES

OKKYUNG LEE Violoncelliste, compositrice et improvisatrice, Okkyung Lee circule librement entre plusieurs disciplines artistiques. Depuis son installation à New York en 2000, elle œuvre dans divers contextes et pratiques de création, en solo ou lors de collaborations. Originaire de Corée du Sud, Lee puise son inspiration dans de multiples domaines, dont la musique *noise*, l'improvisation, le jazz, la musique classique occidentale et les musiques traditionnelles et populaires de son pays. Ces influences forgent ainsi une approche très personnelle. Sa curiosité et son sens aigu de l'exploration ne cessent de guider son travail au travers de contextes pluriels.

PALI MEURSAULT Le travail de pali meursault interroge les dimensions sociales et politiques de l'environnement sonore dans un sens large, qui inclue aussi la plasticité de l'inaudible : infra ou ultrasons, phénomènes électromagnétiques ou radiofréquences. Il promène ses capteurs dans des villes, des usines, sur des glaciers ou dans la forêt amazonienne. Ses dernières compositions portent sur des lieux d'activité laborieuse, font se rencontrer chants d'insectes et champs électromagnétiques, ou révèlent l'environnement sonore caché des *datacenters*. Il collabore régulièrement avec des musiciennes et des musiciens, performers ou cinéastes, enseigne les arts sonores à l'Université Paris 8, écrit sur la musique, les cultures sonores et le radio-art.

JEAN-LUC NANCY (1940-2021) était professeur de philosophie à l'Université de Strasbourg, et professeur invité de plusieurs universités étrangères. Il est l'auteur de nombreux ouvrages dont *Les Muses* (éd. Galilée, 1994) et *À l'écoute* (éd. Galilée, 2002). Son dernier livre paru s'intitule *Démocratie ! hic et nunc*, avec Jean-François Bouthors (éd. François Bourin, 2019).

DAVID ROSENBOOM (né en 1947) est un compositeur, interprète, artiste interdisciplinaire, auteur et pédagogue reconnu comme pionnier de la musique expérimentale aux États-Unis. Son travail explore l'évolution spontanée des formes musicales, les langages d'improvisation, les nouvelles techniques de partition, les collaborations multidisciplinaires et interculturelles, le multimédia interactif et les nouvelles technologies instrumentales, la recherche et la philosophie art-science ainsi que l'interface musicale augmentée par le système nerveux humain. Depuis 1990, il est doyen de la Herb Alpert School of Music de CalArts et titulaire de la chaire de musique Richard Seaver. Par le passé, il a été professeur au Mills College, et cofondateur du département de musique de l'Université de York (Toronto). Suite à la rétrospective de ses cinquante ans de carrière au Whitney Museum of American Art (New York, 2015), le New York Times l'a salué comme une « icône de la musique expérimentale ».

THE CARETAKER est un projet de longue date du musicien James Leyland Kirby, qui enregistre également sous le nom de V/Vm. Son travail pour The Caretaker a été caractérisé par une exploration de la mémoire, de la démence, de la nostalgie, et de la mélancolie. Initialement, le

BIOGRAPHIES

projet s'inspirait de la scène de la salle de bal hantée du film *The Shining* (1980) de Stanley Kubrick, avec ses premières productions composées d'échantillons traités et manipulés d'enregistrements de musique de bal des années 30.

TOMOKO SAUVAGE est née et a grandi à Yokohama, au Japon. Après avoir étudié le piano jazz à New York, elle s'installe à Paris en 2003. C'est en écoutant Alice Coltrane et Terry Riley qu'elle commence à se passionner pour la musique indienne et étudie les pratiques d'improvisation dans la musique hindoustanie. En 2006, elle assiste à un concert donné par Aanayampatti Ganesan, virtuose du *Jalatharangam*, instrument traditionnel utilisé en musique carnatique, qui se compose de plusieurs bols de porcelaine remplis d'eau. Fascinée par la simplicité de ce dispositif et par ses sonorités, Sauvage commence aussitôt à tapoter sur des bols en porcelaine avec des baguettes trouvées dans sa cuisine. Bientôt, son envie d'aller plus loin dans l'immersion la pousse à utiliser un hydrophone. C'est ainsi que son instrument électroaquatique voit le jour.

DAVID TOOP Depuis 1970, David Toop développe une pratique interdisciplinaire, à la croisée du son, de l'écoute, de la musique et des matières. Elle se décline à travers des performances musicales improvisées, de l'écriture, du son électronique, du *field recording*, du commissariat d'expositions, des installations sonores ou encore de l'opéra. Toop est aussi connu pour avoir publié huit livres remarquables dont *Ocean of Sound, Sinister Resonance, Into the Maelstrom, Flutter Echo* et *Inflamed Invisible*. Parmi ses disques solo on trouve *New and Rediscovered Musical Instruments, Sound Body* et *Entities Inertias Faint Beings*. En 1978, il enregistre en Amazonie des rituels chamaniques de Yanomami, sortis sur le label Sub Rosa sous le titre de *Lost Shadows*. Il est actuellement professeur de Culture sonore et Improvisation au London College of Communication.

CHRISTIAN ZANÉSI (né en 1952) Ancien étudiant de Pierre Schaeffer, Guy Reibel, Guy Maneveau et Marie-Françoise Lacaze. Depuis son entrée au Groupe de Recherches Musicales de l'INA en 1977, il a multiplié les expériences, les réalisations et les rencontres. Il est à l'origine de nombreux projets dans les domaines de la radio, de publications et de manifestations musicales, notamment le festival PRÉSENCES *électronique*. Il a été le directeur artistique de l'INA GRM (2005-2015). Il a composé de nombreuses pièces électroacoustiques souvent données en concert, et depuis les années 2000, il a aussi développé une pratique de *live music*, se produisant en solo ou avec de nombreux musiciens de la scène électronique expérimentale.

COLOPHON

Spectres

2
Résonances

Étendre
Évoquer
Réverbérer
Révéler
Transmettre

Coordination éditoriale
François Bonnet
Bartolomé Sanson

Traduction
Robin Mackay
Valérie Vivancos

Relecture
Robin Mackay
Jules Négrier

Graphisme
Bartolomé Sanson

Contributions
Maryanne Amacher
Chris Corsano
Ellen Fullman
Christina Kubisch
Okkyung Lee
pali meursault
Jean-Luc Nancy
David Rosenboom
Tomoko Sauvage
The Caretaker
David Toop
Christian Zanési

ISBN 978-2-36582-034-9
Dépôt légal : mars 2020

Publié par Shelter Press
avec le soutien de l'INA GRM

Droit de traduction et
de reproduction réservés
pour tous pays.

Shelter Press
SP118
shelter-press.com

SPECTRES II

SPECTRES II

RESONANCES

SHELTER PRESS

EXPAND

EVOKE

REVERBERATE

REVEAL

TRANSMIT

CONTENTS

9	Forewords
13	Resonance of Sense
	Jean-Luc Nancy
19	A Bowl of Ocean:
	Notes on Hydrophonic Feedback Practice
	Tomoko Sauvage
25	A Big Noise
	Christian Zanési
33	Notes on Additional Tones
	Maryanne Amacher
37	Hidden Resonances
	Christina Kubisch
43	Five Small Stories
	Okkyung Lee
49	Resonant Frequency
	David Toop
57	Echoes Return
	pali meursault
65	Resonance Morphogenesis
	David Rosenboom
75	Improvisation and Resonance
	Chris Corsano
81	Instrument Design is Composition,
	Resonance is Harmony
	Ellen Fullman
87	Untitled
	The Caretaker
93	Biographies

FOREWORDS

To resonate: *re-sonare*. To sound again–with the immediate implication of a doubling. Sound and its double: sent back to us, reflected by surfaces, diffracted by edges and corners. Sound amplified, swathed in an acoustics that transforms it. Sound enhanced by its passing through a certain site, a certain milieu. Sound propagated, reaching out into the distance. But to resonate is also to vibrate with sound, in unison, in synchronous oscillation. To marry with its shape, amplifying a common destiny. To join forces with it. And then again, to resonate is to remember, to evoke the past and to bring it back. Or to plunge into the spectrum of sound, to shape it around a certain frequency, to bring out sonic or electric peaks from the becoming of signals.

Resonance embraces a multitude of different meanings. Or rather, remaining always identical, it is actualised in a wide range of different phenomena and circumstances. Such is the multitude of resonances evoked in the pages below: a multitude of occurrences, events, sensations, and feelings that intertwine and welcome one other. Everyone may have their own history, everyone may resonate in their own way, and yet we must all, in order to experience resonance at a given moment, be ready to welcome it. The welcoming of what is other, whether an abstract outside or on the contrary an incarnate otherness ready to resonate in turn, is a condition of resonance. This idea of the welcome is found throughout the texts that follow, opening up the human dimension of resonance, a dimension essential to all creativity and to any exchange, any community of mind. Which means that resonance here is also understood as being, already, an act of paying attention, i.e. a *listening*, an exchange.

Addressing one or other of the forms that this idea of resonating can take on (extending–evoking–reverberating–revealing–transmitting), each of the contributions brought together in this volume reveals to us a personal aspect, a fragment of the enthralling territory of sonic and musical experimentation, a territory upon which resonance may unfold.

The book has been designed as a prism and as a manual. May it in turn find a unique and profound resonance in each and every reader.

The Editors

RESONANCE OF SENSE

1

Vibratory or oscillatory phenomena are not exceptional phenomena. Perhaps they even form the essence of all phenomena, and there is no static, stable, or permanent reality that is not traversed, shaped, or transported by a play of vibrations, whether those of particles, of forces, of fluxes, of pulsions, of emotions, or of symbols. The real is oscillatory, in so far as it makes sense to speak of any 'being' whatsoever if to 'be' is to oscillate.

In any case, oscillation implies a gap, a distance, or a lapse that makes possible a pulsation or is the result of such a pulsation—or both. It must come and go. Nothing takes place in place, not even the nothing itself (the *rien* which, in French, takes the name of the Latin thing, *res*, so as to mark the non-thing, *nothing*, the *minimum minimorum* of thingness). To take place necessarily means opening up a place. A place supposes a distinction of places. Here presupposes there just as now supposes *before/after*—which, indeed, is bound up with *here* and *there*.

It comes and it goes, from here to there. This is what is called the rebound, the refrain, the replay, return, resonance.

Everything begins with the rebound–in the sense in which it was once said of a musical instrument that it bounds or rebounds–that is, springs back and sounds in one way or another.[1] A bound through the open is reprised or recovers itself, returns under its own momentum as it responds to itself and thus forms its own reality, its resonance.

2

Resonance is therefore not an exceptional phenomenon, rather it belongs to phenomenality as such: to appear, to show, manifest, or reveal–*phainein*–presupposes that the appearing and that which appears refer to one another. Something shows itself, gives itself to be seen, allows itself to be seen, comes to light, into the light of day–*phôs*–and to vision: there is the thing, and then there is the fact that it shows itself. The art of painting and drawing is dependent upon this dynamic structure, as are all arts of the visible.

This is not exceptional, and yet at the same time it is exception itself: something emerges from an indistinct ground, the focus is adjusted, and there is a form, a colour that appears *for itself*. This 'for itself' within

---

[1] From the Latin *bombitare*, to buzz. See the dialogue between Sarah Nancy and Jean-Luc Nancy in the colloquium *Les cordes vibrantes de l'art. La relation esthétique comme résonance*, Fondation Singer-Poignac, 2018, publication forthcoming.

the *for us* of vision (perception, discovery, revelation) makes for the inexhaustibility of appearing. It is less a matter of a thing than of an appeal, an invitation: 'Here I am; you see? Do you see me? What do you see? etc.'

When it comes to sound—and it is no accident that sound gives us the paradigmatic term 'resonance'— this is most properly an appeal: it makes itself heard, which means that in showing itself it also shows distance, the distance from which it originates. Sound is spatial, it spreads through the air (or another medium) of which it is the vibration. Whereas the visible moves through space and in certain regards cancels it out, the sonic marries with distance and assimilates it. This is testified to by the considerable disparity between the speed of light and the speed of sound, as well as by a differential physical analysis of the two types of waves—but that's not my field.

Because sound conjugates with space, it crosses space, and the duration of this crossing is a part of the sound, an intrinsic property. Sound does not develop in time: it spatio-temporalizes itself according to its specific characteristics (frequency, timbre, etc.). Resonance— that is to say, the very existence of sounds—is nothing other than the appropriation or modelling of a space-time by a particular vibration. In propagating itself, that is to say in spreading out and enduring—a unique operation—it does something other than present some occasion or other for sensation: it configures a presence in the world (and a presence to me of the world).

Of course, if I become absorbed in the sensation of a colour, a consistency, a taste, or a fragrance—just as

I might in the emotion of fear, desire, peace or hostility—this also configures a presence in the world and of the world. But it affects a world—colour or perfume—rather than modelling or modulating the world itself. In every sensation there is a mutual referral from the world to me, from the outside to the inside—but in sonority there seems to be a referral in which a world and a self are mutualised, so to speak.

Resonance is the pulsation of a space-time across and around a body. Not just a vibration that comes to me, but an oscillation of the world to myself and of myself to the world via which the two take place. This is perhaps why the baby cries when it is born, responding to the sounds that have come to it inside its mother.

3

The mutuality of a world and a self, we can say this in a single word: sense—the vibration of a so-called thinking substance.

A BOWL OF OCEAN: NOTES ON HYDROPHONIC FEEDBACK PRACTICE

Ingredients:
Six porcelain and glass bowls, water, hydrophones, analogue mixer, sound system.

A bowl of ocean. Calm water favors the oscillations and accelerates the feedback cycle. I touch the water's surface to make waves and it feels like I become wind blowing onto the sea. The waves cool down intensifying feedback tones by undulating them and destabilizing their loop. I drip water drops from my fingers to make the bowl ring, slowly pushing the fader up at the same time so that the attack note does not decay but spreads out into feedback. I see the ripples go back and forth between the 'shores' of the bowl. The sound waves travel faster than water ripples. They resonate between the coasts of my micro-ocean before going out into the air to oscillate between the walls of the room. I see and hear a mass of water sculpted by my hand, changing its shapes and floating in the air like a cloud. The tactile becomes the auditory.

In search of resonant frequencies, the bowls are tuned by adjusting their water level. Each bowl has different characteristics: the material (ceramic or glass), its thickness, and the presence of microfissures all produce different harmonics. Although details such as the positioning of the hydrophones and speakers make a difference, the most drastic factor is the reverberation of the room, which naturally amplifies the sound and makes the air, the bowls, and the water fully vibrate.

When there's a specific frequency and sufficiently high gain, a loop of sound emerges that continuously circulates between microphones and loudspeakers. This is called feedback—a perfect circle of fullness that is self-sufficient, forever recycling the same sound source. With less gain the cycle slows down and disappears, with more gain it becomes saturated. I work slowly, with great concentration, in order to maintain the balance point of this fullness, like a tightrope walker. I don't use a limiter or a compressor, so it's a tightrope walk with no safety net. My left hand always remains on the mixer, carefully fingering the faders and controlling the gain, while my right hand shapes the water to modulate the pitch. My ears and hands are the limiters and modulators.

Feedback is generally considered as something to be avoided, which was also my attitude to start with. Methods for avoiding feedback are all about separation: preventing sounds from communicating with one another by using headphones, turning speakers off or down and separating the space; cutting specific frequencies on EQ's, etc. For me, choosing the opposite approach opened the door to new possibilities that were about connection and wholeness. The instrument is still evolving in that direction. It doesn't like the kind of space that separates the audience and the musicians, where the stage has its own acoustic space with its monitors, and outside of the stage the directive speakers precisely target the audience's seats and diffuse the sound that comes through the main console situated on the opposite side of the room.... I don't see the point of diffusing the feedback loops I create into a separated room. The loops are meant to circulate throughout the whole room, to penetrate and vibrate all of the bodies and objects that the room contains. The whole resonant space becomes an element of my 'natural synthesizer'.

> *I change something every time someone else comes in, I change directions. Because the public is a part of the music too; if somebody comes in, the acoustic changes. The music goes all the way around them and then comes back, so I can hear it.*
>
> —Sun Ra

My current obsession is deliberately using sympathetic resonance, a harmonic phenomenon, to play with overtones. Every frequency produced by each bowl interacts with every other frequency, and this makes for a surprising 'automatically well-tuned' web of harmonics that are intricately and mathematically interconnected. I can just slowly turn up the gain of each microphone until some feedback occurs. There's something like an 'Auto-Tune' effect when a note (often a harmonic—an octave, a fourth, a fifth, etc.—but sometimes a fundamental) starts to feed back because it shares harmonic similarities and responds to the frequencies already ringing from other bowls, as well as to all the other vibrations in the room (outdoor noise, humming refrigerators and ventilation systems... the sensitive hydrophones can even pick up low frequencies caused by people's small movements, especially via a wooden floor...). Water evaporates constantly from the bowl, which alters the pitch and a new frequency starts to ring naturally. I also sink my palm into the water and lower the pitch (approximately one semitone) to search for new harmonics that might be available to respond to the existing harmony.

In her book *Between Air and Electricity: Microphones and Loudspeakers as Musical Instruments*, Cathy van Eck uses the concepts of resonance and resistance to characterize the relationships between a musician and an instrument. These two bodies—the instrument's and the player's—interact with one other to develop their musical capabilities through a long-term communication called practice. In my case, I didn't have any preconceived musical intentions as the instrument was being born. I wanted to make the most out of the materials that were there to experiment with and to contemplate. The instrument put up resistance in the form of feedback. After trying to control it, I decided to let it go. Full resonance was obviously what the bowls wanted. Then the dimensions of the sound seemed to change. Clouds appeared in the room. I started to hear the environment within the music I played.

Like many Japanese who took piano lessons at very early age, I've always had perfect pitch, but heavily influenced by equal temperament. I can recognize notes or tonalities played on decently tuned Western musical instruments without reference, but cannot tell those played on non-Western instruments or those of non-instrumental sounds such as birdsong. As I get more and more into listening carefully to overtones and pure intervals through my tuned water, I now sometimes feel a kind of dizziness when listening to long notes and chords played on the piano. Something that used to be so self-evident for my ears has recently begun to make me feel lost. The whole thing is still mysterious to me, but my intimate relationship with this instrument, through many years of dialogue, is re-tuning my ears, which had been 'polluted' by equal temperament.

A big thanks to Julia Eckhardt for the conversation we had, which inspired the beginnings of these thoughts.

A BIG NOISE

Grand bruit—'Big Noise'—is a piece I made at the beginning of the 1990s. The original description introduces the idea figuratively:

> Large sonorous bodies in motion have the banal yet startling property of placing the auditor-voyager *within*; as if they found themselves inside a gigantic contrabass which, in the case of the train, is being bowed by the rails and the air at once. In 1990 I made use of this phenomenon for the exact duration of my daily journey by RER train from my GRM studio to my home. I used just one recording, 21 minutes in length, which I treated as a single sound object. Then, like a photographer—that is to say, by immersing it successively in a series of baths—I processed and enriched this remarkable form, which I called *Grand Bruit*.

Forgive me for opening on an autobiographical note: It's the summer of '89, I'm in changing circumstances, with a new partner, and I need to find somewhere to live. Since I have limited means, I'm looking in the inner northern suburbs now served by a newly built section of the RER C line that includes the Maison de Radio France stop where I work. An estate agent has suggested a little house for rent in Gennevilliers. We've arranged to meet there, and so here I am taking the train for the first time.

With the very first sounds, I was captivated by a tremendous acoustic experience. It was summer, as I said; it was hot, and many of the train windows were open, giving the sound greater presence and clarity. The departure signal, the closing of the doors, the squeal of the brakes being released, the noise of air being expelled from pneumatic systems, the low, muted sound as the train began to move, accelerate, and build up momentum—and then before long, the reverse sequence: braking, slowing down, etc. The train leaves and the whole sequence starts again, but always with variations. The route takes me through nine stations, meaning that there are eight journeys between the starting station, Maison de Radio France, and the destination, Gennevilliers.

Beyond the thrilling modern beauty of the sound—a sound very different to that of the Metro—what struck me the most during that first listening, in that first encounter we might say, was the overall form of the journey. When it came to music, Pierre Schaeffer thought in terms of a dynamic duality: he advocated a balance between the sonic and the musical: listening can soon become tired by the purely sonic, but tends to become lost in the musical—that is to say, in written music that loses any contact with sound. Another important point according to Schaeffer was the crucial balance between permanence and variation. The listener will soon be exhausted by a music that is too varied, that exhibits a kind of permanent variation, but they will quickly get bored of a music that has no appreciable variation. I have always observed these two rules, even if at first it wasn't a conscious thing. And in the particular case of this journey, from the start there was a wholly remarkable balance between permanence and variation. Here, for example, are the timings of the journeys between stations in the original recording, with an indication of the waiting times when the train is stationary:

The times are counted from the sound signal that announces the closing of the doors to the stop at the next station (on the recording this point is identified by the moment when a particular braking sound ends). Waiting time in the station is counted up until the next signal.

Time	Station of Departure and Arrival	Duration of Journey	Time Stopped
0'00	Maison de Radio France – Boulainvilliers	1'20	**0'50**
2'15	Boulainvillers – Avenue Henri Martin	2'30	0'15
4'13	Avenue Henri Martin – Avenue Foch	1'17	0'35
6'05	Avenue Foch – Porte Maillot	1'50	0'52
8'48	Porte Maillot – Pereire	2'00	0'33
11'42	Pereire – Saint-Ouen	**4'23**	0'31
16'04	Saint-Ouen – Les Grésillons	2'45	0'31
18'52	Les Grésillons – Gennevilliers	2'00	

Without going into too much depth, we can already see that section 6, Pereire-Saint-Ouen, is far longer than the others. At the time, the Porte de Clichy station was not yet open, so the distance was more than doubled. This distance allowed the train to pick up far more speed and, as a consequence, the sound was something new in relation to what had been heard up to that point. A sort of climax arrived at just the right moment, to my taste at least, a little after two-thirds of the way in. To which I would add another, even more remarkable element: up to Saint-Ouen, the train had been traveling through a tunnel, yielding that very particular acoustic in which sound is in a sense short-circuited, recirculated back to its source; just after Saint-Ouen it came out into the open air for the rest of the journey, all the way to my final destination. The same sound body (the train) but a totally different acoustic—and this after the preceding climax, as if the latter had announced an impending radical transformation. Hence my wonder when I first heard all of this. For me, the form of the whole thing was absolutely musical. More precisely, this form suited me perfectly. It held my interest right to the end precisely because of all these variations. Each station added a new variation in timbre, dynamics, and duration while remaining continuous with the last, not forgetting these structural changes at key moments. In short, from the very first listen I knew that I had found the starting point for my next musical project.

The composition took place a year later, during the summer of 1990. This meant that I had had plenty of time to enter into the sound, to the extent that I could see it in a purely abstract way. In my mind I had perfectly memorized the general schema and could study it at will (outside of the train and outside of real time). I saw the whole form as a single stable image, an image that I could 'zoom' into in order to get closer to this or that detail. The recording, using a Nagra IV-S with a couple of Schoeps microphones, was made by my friend Richard Penant; the tools used were the 2-inch 16-track Studer that the GRM had recently acquired, along with the real time SYTER processor constructed by the late Jean-François Allouis. To compose, as Helmut Lachenmann wrote, is also to construct an instrument. And this was my instrument: a sound, a multitrack tape recorder, and the SYTER system. It took a month, and I was lucky enough to have the processor at my disposal in the studio during all stages of composition.

My idea, as you will have understood, was to retain the overall structure while transforming the colours and qualities of the original sound. I proceeded, as stated in the original description, *like a photographer– that is to say, by immersing it successively in a series of baths*. Concretely speaking, the recording took up tracks 1 and 2 of the Studer and I transformed them across their entire duration using the SYTER, particularly its resonant filters, with the transformed version being recorded synchronously onto the other tracks. The original sound–familiar to almost everyone–is rather noisy, but by using the resonant filters I could choose to select frequencies or groups of frequencies that entered into resonance, while also setting the duration of the resonance and the filter threshold. A marvellous tool which, among other things, gave an electronic colour to the piece. This was not a case of writing signs on a blank page but, on the contrary, of drawing signs out of a densely blackened page. I continued to superimpose new images until all sixteen tracks were used. Sometimes I also reprocessed the preceding transformation or even many at once. In this way I created various colours but also—a crucial point—many kinds of rhythm. And then, in the mix, section by section, I chose this or that transformation or set of transformations. During each phase, since I knew the original sound so well, I would know exactly where I was in the journey. For example, I'd say to myself: right, I'm arriving at Saint-Ouen. At a certain passage in the music I knew that that the train was approaching a fast turn that made it judder, or on the contrary that it was gliding around a gentle curve. Each of these characteristics sculpted and modified the original sound. And in treating the sound, I embraced and preserved these subtle changes.

Looking back at the table, observe that the first stop, at Boulainvilliers station, is relatively long (almost a minute) compared to the first movement (1'20). In fact, although on the day of recording this was the case, it was not normally so. This overlong waiting time (as I perceived it), especially after the brief initial journey had been completely 'on track', posed a formal problem for me. Whence the idea of filling this space with voice-presences, imaginary travellers in the form of spectres evoking real presences. An effect something like that achieved by Wim Wenders in *Wings of Desire* when he lets us hear the internal dialogue of people who say nothing. This also added another string to my bow—a new resource, on another level, which I would develop later.

And finally: I realised, well after I had composed the piece, that I had pushed Pierre Schaeffer's idea of a *music of objects* to its absolute extreme: one single sound object for one work. I don't think he would have liked it, but that's another discussion entirely.

MARYANNE AMACHER

NOTES ON ADDITIONAL TONES

The following unpublished document was included in the reader for 'Labyrinth Gives Way to Skin: Maryanne Amacher Seminar 1', the first in a series of seminars given by Amy Cimini and Bill Dietz in collaboration with Blank Forms. 'Labyrinth Gives Way to Skin' was held on March 1st, 2016 at the Emily Harvey Foundation, New York. Our transcription of the typed and hand-annotated original document is introduced by Bill Dietz.

Ten years after Maryanne Amacher's death in October 2009, the research necessary to definitively place these notes has yet to occur. Broadly, it seems safe to assume this document was produced amid the mid-1970s bloom of Amacher's otoacoustics research—in tandem with her series of Triadex Muse synthesizer-generated 'Tone Studies' and the compilation of the 'Additional Tones Workbook'. The language of the second paragraph ('the gift wave', 'the dance within') is not far from the 'tone research review' section of the Workbook. Even more specifically, the first paragraph (in its entirety) appears nearly verbatim as a footnote to the second section of the 1977 manuscript (typed under the same Pearl Street header) of 'Psychoacoustic Phenomena in Musical Composition: Some Features of a "Perceptual Geography"', as well as in the 2008 author-supervised Tzadik reprint of that text (albeit integrated into the body of the text there). Beyond this, when exactly, and in what circumstances, this document was written is unclear. What, however, has become increasingly clear over the past ten years of posthumous limbo is the importance of reassessing notions of 'the definitive' as such vis-à-vis Amacher's insistently situated and situational work-practice. The reoccurrence of lines and paragraphs between texts is not 'just process,' not just convenience, not self-'sampling,' it is rather fully in keeping with Amacher's broader project—sonic, theoretical, lived—of attention to the singularly, even psychedelically, specific texture of subject-oriented perception. In that sense, this document would be neither a fragment nor a whole, but the 'residual trace' of a listening-practice we have yet to learn.

Bill Dietz

MARYANNE AMACHER

Notes on Additional Tones

* I have experienced tone sensations and melodies stimulated by acoustic tones 1700 to 5000 hz which sound as though they are 'being created' directly 'inside' the ear. It is not clear whether these are in fact combination phenomena, or some other kind of resonance. They are however, in sharp perceptual contrast to the experience of acoustic tones in (a) and to generally accepted combination tones characteristic to (b). For this reason, they are extremely interesting to me. I have composed acoustic tones sounding in space (a), while at the same time another distinct part of the music is 'sounding' as though 'being created' within the ear (b). Again, the interesting non-masking phenomenon is present, and <u>uniquely distinct</u> parts are possible. This time with sound level. In one section, 3000 to 4000hz stimulating tones in (a) are very intense, *fff*. Yet, at the same time a very distant and thin sounding flute, *ppp*, and at another time, whispering voices, both assumedly in (a) space, are completely audible, as distinct parts. This example also included the 2nd order pattern modulation described by Roederer. How much this may have contributed to maintaining the distinctly contrasting sound levels of *fff* and *ppp* at the same time, without the *ppp* being absorbed into the *fff* as a part of texture or timbre I do not know.

2nd Order

One extraordinary feature of the 2nd order pattern modulation described by Roederer and Oster is that apparently it cannot be masked. Oster in fact claims it is enhanced by noise. My experience has been that even though the stimulating tones in (a) may be masked by *fff* music, their result, the pattern modulation occurring (c) is 'experienced' in some remarkably compelling way. The pattern modulations (neural melodies) I am familiar with, ones I have been calling since 1968– 'the melody within', 'the dance within', 'the circling', 'the coast', 'the drift', 'the rise', 'the gift wave'–depending on the tuning are somewhat like leitmotivs. The 'acoustic' sensation (they are in fact not present in the ear <u>at all</u>, just as the missing fundamental; they result entirely from a neural superposition, in response to the given acoustic stimuli in (a)), is a very different one from that of the 1st order difference tones created in the cochlear fluids. I do not know how to describe the apparent spatial dimension of the 2nd order neural melodies. They seem to <u>be there</u> to the music like a great oak tree, particularly when reinforcing a tone structure. I have always felt a little like Monteverdi describing the tremolo here. Because on one level, these melodies are somewhat like 'leitmotivs' in some curious psychological way I do not understand. I am not even sure how one could associate this as 'apparent (a)' even–it's in the room seemingly–as well as in you.

like a crossover point, seemingly in the room but seemingly in us. For a long time, I thought I was putting these together in some residue trace, i.e., that they were 'not there' (on my tape) at all. It's clear now from Roederer's research I was in fact putting it together–about the residue trace–who knows the genetic inheritance here [1]

---

1   [This last paragraph is an uncompleted handwritten note–ed.]

CHRISTINA KUBISCH

HIDDEN RESONANCES

I can't explain exactly why, but I've always been more interested in electrical things than, for example, classical music. I began investigating electrical fields at the end of the 1970s. I had been studying electronic music at the Conservatory in Milan, but the classes there were very academic, and I wasn't very satisfied with what I was learning. So I decided to enrol in Milan's Technical University—which was very hard for me because my brain is not very scientific.

One day I bought a telephone amplifier, a little cube that you could put next to your telephone so that you could follow the conversation without having the receiver in your hand. The cube was switched on, and when I came into the laboratory, it started to make really strange sounds in my handbag. I took it out and asked my professor what was going on. He explained to me that there were coils in this little cube, and that they picked up some of the machines in the room. It was like a flash in my mind. It was exactly at the time when I wanted to get away from performance and start producing installations.

In my first installations with this system I used thick electrical wires which I installed in the room, taking into consideration both the architecture and history of the place. The sounds I used were a mixture of field recordings, electronic sounds (often made using my beloved Synthi AKS), and instrumental sounds.

As a principle of acoustic transmission, electromagnetic induction is based on the sounds resulting from the mutual interaction of magnetic fields.

In the beginning the visitors were still given small cubes with built-in loudspeakers that had to be held up to their ears when they approached the wires. Later, I fundamentally improved the freedom of movement and tone quality by developing wireless headphones: now the public could move freely in space. Every movement, even a slight turn of the head, would result in different sequences of tones. This kind of resonant interactivity, which may seem almost archaic today because it requires no computer programs, can also be realised across great spatial distances. I have realised countless induction works in gardens, castles, cellars, ruins, parks, churches, old factories, abandoned buildings, and also in museums and galleries. Each work is at the same time a new visual and acoustic exploration of the respective site.

In the nineties there was a continuous increase in strange signals which my headphones captured in the spaces of my installations but which were not part of my work. I found out that this was caused by the increasing number of magnetic fields around us due to new technological developments. Digital communication was still in its infancy, but I captured 'unknown' signals everywhere. The lack of filters helped; the unwanted sounds grew ever more powerful. I could either stop my induction work or change it.

In 2003 I made several listening tests in Tokyo with a new headphone set with a slightly larger coil than I had used before. That is where the series of 'Electrical Walks' started. Alvin Lucier, who was participating in the same festival, was the first person to test them, and he encouraged me to go on. This meant a lot to me, and so the Electrical Walks officially started in 2004 in Cologne. It is a work in progress, a public walk with special, sensitive wireless headphones during which the acoustic qualities of above-ground and underground electromagnetic fields are amplified and become audible. Each participant is also given a map of the environs, upon which is marked possible routes and especially interesting electrical fields. The visitor can set off on their own or in a group.

Listening to magnetic waves is very special. You hear something that is all around you, but which can only be perceived with a special instrument. Some magnetic waves have sound qualities that are distinct and specific, others (such as security gates, for example) remain similar wherever you might be. Some sounds are global players, they sound the same all over the world. Others are specific to a particular city or country and cannot be found anywhere else. Thus, the palette of these noises, and their timbre and volume, vary from site to site and from country to country. They have one thing in common: they are ubiquitous, even where one would not expect them. Light systems, wireless communication systems, radar systems, anti-theft security devices, surveillance cameras, cell phones, computers, streetcar cables, antennae, navigation systems, automated teller machines, wireless internet, neon advertising, public transportation networks, etc. all create electrical fields that are as if hidden under cloaks of invisibility, but have an incredible presence.

The sounds are far more musical than one might expect. There are complex layers of high and low frequencies, loops of rhythmic sequences, groups of tiny signals, long drones, and many things which change constantly and are hard to describe. In every city I find frequencies and sound patterns I have never heard before. This is one of the reasons why I never get tired of exploring the hidden electrical world around us.

The perception of everyday reality changes when one listens to the electromagnetic fields; things that are quite customary appear in a different context. Nothing looks the way it sounds. And nothing sounds the way it looks. In exterior locations, you are more focused on the artificial world of the installed sounds and the points of divergence from the real world that become particularly pronounced when the headphones are taken off. Often, familiar visual objects and scenes assume a different aspect when what we hear is something that does not normally relate to that context–if, for instance, we are sitting in a nice park and hear a heavy loud pulsating rhythmic signal.

To date I have organised seventy-six Electrical Walks in different cities all over the world. In parallel with the walks I created a huge archive of electromagnetic signals recorded over more than fifteen years of investigation. Many of these electromagnetic sounds do not exist anymore–they were connected to certain techniques and forms of communication that have now changed. The screens of television sets, for example, sound less interesting nowadays than in the times of beautiful-sounding plasma screens. On the other hand, security systems have become more and more intense, and are almost painful to the ear. The density of what I hear increases continuously; there are almost no 'electrical silences' any more. I am often asked what this means for us, for our body, our health, our brains. I am not a scientist, but we are in a period of heavy changes, not only changes of lifestyle but a general transformation of our environment. We respond to it, but we do not know what the consequences may be. On one hand, my work is musical research based on my compositional knowledge, but at the same time, in listening to the electromagnetic waves, I cannot avoid questioning our social environment. As an artist I do not want to give predetermined answers, but I hope through my work to give others the chance to discover the inaudible and all that is connected to it.

FIVE SMALL STORIES

I. Summer 1989, Daejeon, Korea

After a couple of hours of daily practice in my room during a summer break, I could not take it anymore. When it seemed like my mum, listening in the other room, might have had fallen asleep, I decided to chance it by faking my practice (not that she was really one of those scary stage mums, but I happened to be a very obedient kid–which seems very far removed from who I am now).

After placing the cello on the floor on its side I laid next to it and wrapped my right leg around it, probably because I was afraid the cello might fall on its front. Trying to pass it off as me still practicing, I started to make some nonsensical sounds in that position. It felt quite silly to begin with, but the note I was playing created this rather pleasurable sensation on my leg that travelled through the rest of my body. It felt like I was listening through a totally different sense, which felt deeply soothing, and I was happy to let go of myself in that moment for a while. I cannot remember what exactly happened after that, but I probably got bored again.

II. Fall 1999, Boston, USA

Upon finishing high school—a special music and art school in Seoul where I had rather a traumatic experience with a cello teacher who crushed any inner connection I had with the instrument (another long story), it was my dream to stop playing the cello altogether. I had been rebelling against my classical training by listening to 'jazz' (which I later learned was smooth jazz) and was determined to study something similar to that. Back in the '90s, when jazz was still relatively new in Korea, when I heard the name of Berklee College of Music, it seemed like a life-changing opportunity to learn this exciting and exotic music. Soon after being accepted into the school, I learned that it was required of me to play an instrument for the first two years of study. Well, the only instrument I knew how to play was the cello. Therefore, even though I had sworn that I'd never touch the instrument again, I had no choice but to bring it with me to the States. Eventually I stopped resenting the cello after playing in totally different settings from those I had previously known, and even secretly started to enjoy playing it, especially while doing lots of recording sessions for fellow students' projects. During these sessions, after listening back to my playing on tape, I realized that there were so many little details and nuances in the tone itself that drew me in. I wasn't listening for correct intonation or technique, but only to the sound itself. Quickly it became fun trying to gain a better control over all these details while paying attention to the overall physicality of the instrument. Finally I was able to follow my own direction in playing.

III. Late Fall 2009, New York, USA

Back then, my dear friend composer Marina Rosenfeld was artist in residence at Park Avenue Armory in New York. This place, which was literally an armoury for soldiers in the nineteenth century, has ceilings at least four stories high and takes up an entire city block. That night, which might have been only my second time ever visiting the place, we decided to rehearse in the space. Around that time I was going through yet another of the existential crises that I suffer on a yearly basis: I just couldn't figure out the meaning of making this 'kind' of music. As you can imagine, the Armory has quite a long reverb, eight seconds long, I think, which was emphasized by Marina's bare set-up which included, on the floor, a couple of gigantic horns that she had created. I was to play acoustically, right in the middle of it. It was also quite dim in the space, which made me feel as if I was inside a cave. Once I sat down, I started plucking rather mindlessly, but the way in which the sound started to resonate through the entire space felt magical. I just kept plucking, and was soon lost in the kind of pure joy that I rarely experienced while playing 'music'. All of a sudden my existential crisis was over, as I listened to how the space returned the sounds to me.

IV. Late Fall 2012, Berlin, Germany

Earlier that summer my friend Lasse Marhaug had taken me around Norway to record my solo album *Ghil*; he wanted to make it sound as if you'd felt it rather than just heard it. With full trust in Lasse both as a musician and as a human being, I went pretty much anywhere he suggested, and played a bunch of solos. We went to a parking lot, an old power plant, a small cabin up on a hill, and so on. While he was recording onto his cassette tape recorder, I didn't listen to what he was hearing through his headphones. He would experiment with the microphone while I was playing and do something to it by turning knobs on the recorder but I didn't know how any of that worked and, to be honest, I didn't want to know what he was doing exactly. When, months later, he sent me some cuts from the recording, I got such a shock when I heard it through my headphones! It was extremely fascinating how he was able to really capture not only the aural impression of the sound but also how it felt when the cello resonated against my body.

V. Early Summer 2013, Oslo, Norway

As a release party for the solo record mentioned above, I wanted to perform something special for my friends. Since the album was made around Oslo, that seemed like the perfect place to do it, and after hearing about its eighteen-second-long reverb, the Emanuel Vigeland Mausoleum sounded just magical. When I entered the space it was quite dimly lit to protect the murals on the walls, so that I could hardly see Harald Fetveit, setting up the microphones to record the concert just a few feet away from me. Then, even more surprisingly, I could not understand a single word he was saying to me. Quickly I realized that the only way I could play in such a space was to play the entire space, not the cello. It felt intimidating and challenging, as if I had to learn how to ride a horse for the first time without any training. During the first set I tried to understand the space by throwing lots of different sounds into the air, which was exciting, but I soon realised that I definitely needed to pay more attention to the details in order to avoid redundant and predictable results. As I focused more intently on listening with my eyes closed, it became confusing even to distinguish what I was actually playing right at that moment. The space had an extremely vast yet intimate sound, and I almost couldn't sense my body because the liveliness of the sound was overwhelming all of my senses. At some point I had to try hard to feel my feet against the floor so that I wouldn't feel like I was floating in the space. The second set, at which only twenty invited friends were present, was nothing but exhilarating and truly immersive—having those sound waves travel through the cello, through my entire body and the bodies of others, creating a sonic space that put me right inside the truly visceral joy of resonance.

DAVID TOOP

RESONANT FREQUENCY

Cover a cup, a bowl, a shell, an ear, the resonant chamber of an instrument, with paper. Tap (a form of invisible writing or drawing). Uncover (a form of erasure by opening). Listen to the interior resonance of one of these chambers, these willing vessels. Sing into the mouth of another body. Squeeze that body so that its audible breath is expelled into a room. Open the windows and doors. Walk into the infinity of vibrating air (what we call 'out of doors'). In this realm of resonance and sounding, boundaries and transitions are subtle beyond human perception. This is what Jean-Luc Nancy speaks about in *Listening*:

> Timbre can be represented as the resonance of a stretched skin (possibly sprinkled with alcohol, the way certain shamans do), and as the expansion of this resonance in the hollowed column of a drum. Isn't the space of the listening body, in turn, just such a hollow column over which a skin is stretched, but also from which the opening of a mouth can resume and revive resonance? A blow from outside, clamour from within, this sonorous,

> sonorized body undertakes a simultaneous listening to a 'self' and to a 'world' that are both in resonance.[1]

Nancy also writes of the sonorous as being 'tendentially methexic (that is, having to do with participation, sharing, or contagion)'.[2] This aligns with Peter Sloterdijk's ideas of sounding within the spheres of existence:

> It is the constitutive listening community that encloses humans in the immaterial rings of mutual accessibility. The ear is the organ that connects the intimate and the public [...] In the wall-less house of sounds, humans became the animals that came together by listening. Whatever else they might be, they are sonospheric communards.[3]

This applies to many other animals, of course.

Resonance is a transfer of energy, action at a distance, one entity speaking to another, transformative magic. To resonate with voters is a political metaphor whose sense of intuitive, unvoiced, or clandestine sympathy and reinforcement is an ancestor to similar auditory expressions from the contemporary political sphere: dog-whistle politics, in which toxic messages hide in plain sight, and the echo chamber, in which compatibility of political convictions resonates itself.

---

1 Jean-Luc Nancy, *Listening*, tr. C. Mandell (New York: Fordham University Press, 2007), 42–43.
2 Ibid, 10.
3 Peter Sloterdijk, *Spheres 1: Bubbles Microspherology*, tr. W. Hoban (Los Angeles: Semiotext(e), 2011), 520.

In its surreptitious and proliferating nature, resonance may be described and experienced as sinister. Sound waves are disturbances, invasive, often inexplicable in their invisibility, hauntingly transient (except in memory). Imagine a reverse world in which reality is imagined or designed as this vaporous flux of vibration and resonance, in which words dissolve into shimmering echoes, physicality becomes diffuse, almost lost in a dream state of aurality. Victor Segalen's short novel *Dans un monde sonore* (1907) wrote into being a world of that kind.[4]

The book's origins lay in the ruins of a collaborative project with Claude Debussy, an opera based on the Orpheus myth. As their project drifted, Segalen remained poignantly hopeful but Debussy prevaricated. He was critical of Segalen's libretto and moved on to a new obsession, the possibility of an opera based on Edgar Allan Poe's *The Fall of the House of Usher*. Segalen also moved on. During these fruitless discussions he wrote and published *Dans un monde sonore*. Whether coincidentally or not, the opening paragraphs are reminiscent of Poe's story. A narrator approaches an isolated house in order to renew an old acquaintance. In both cases there is a woman in the house, and the men that the narrators meet both suffer from what Poe describes as 'a morbid acuteness of the senses': Roderick Usher has developed an intolerance of all but the most insipid sense impressions, though he can listen to 'peculiar sounds' from stringed instruments.

---

[4] Victor Segalen (Max-Anély), *Dans un monde sonore*, in *Mercure de France*, t. 68, n° 244, 15 August 1907, 648-668.

André, Segalen's equivalent of Usher, is described as harmlessly mad, though the way he has chosen to live is radically disconcerting. As Monsieur Leurais discovers, the room to which his old friend has retreated is so prominently resonant that his account of collecting sensory data from indigenous Papuans in the Straits of Torres is transformed as if passed 'through a harmonizing orchestra'. Even this constant droning effect is insufficient for André's hypersensitive, 'adjusted' hearing. He intensifies the effect to create a prolongation of spoken syllables, a 'bush of whispers', buzzing echoes, and delays.[5]

The scene anticipates by more than sixty years Alvin Lucier's *I am sitting in a room*, in which a spoken text becomes unintelligible as resonant frequencies within the room gradually blur the sense of its words, but it also responds to the synaesthetic effect of Stéphane Mallarmé's poetry, in which words and their music saturate the properties of one another. 'Music of colour, music of words—such were the slogans of the day', wrote Debussy biographer Edward Lockspeiser.[6] In a 'theoretical fiction' entitled *Mallarmé's Nose*, Allen S. Weiss describes the *fin de siècle* obsession with perceptual transferences as a delirium of potential, an intoxication in which all that is solid melts into air:

> Mallarmé now knew that not only did the world exist to be transformed into a book, but that the book could also exist to be transfigured into a perfume! *Per fumum*, through

---

[5] Ibid., 650-653, tr. Marie Roux.
[6] Edward Lockspeiser, *Debussy* (London: J.M. Dent & Sons, 1963), 39.

smoke! Poetic alchemy. He would sublimate
L'Après-midi d'un faune into perfume![7]

A similar delirium has infected André: the desire to live within sound; to defy the tyranny of sight. Harps and resonating cylinders line his room; two singing flames flicker in glass tubes, closely tuned to produce beat frequencies. There is a banality to it, pure physics, Leurais realises, as the apparatus of the installation reveals itself from within the mist of sound. Segalen was clearly aware of nineteenth-century experiments in acoustics. Similar devices can be found in Hermann von Helmholtz's pioneering study *On the Sensations of Tone*, first published in Germany in 1863. Among its contents were sections on resonators (illustrated by drawings of globular and bottle-shaped resonating vessels), the mechanics of sympathetic resonance, combinational tones and beats, the composition of vibrations, and the musical tones of strings.

By living within sound André both disembodies himself (the signs of change are evident in his face, its 'blind gesture' and unnaturally active ears) and plunges himself into an echoing underworld of resonance and vibration. His wife, Mathilde, is lost to him because she refuses to relinquish sight as her primary sense. 'She can not hear in the dark', he laments. Darkness is the domain of the listener. Segalen overturns received ideas about the seductive degeneracy of sound, making sight the perverted, reverted sense, the primitive sense of sharpened sight that allowed prehistoric humans to tear apart their prey.

---

[7] Allen S. Weiss, *Mallarmé's Nose*, in *HEAT 13* (1999), 113.

At this point of loss in *Dans un monde sonore*, the Orpheus myth is explicitly invoked by Leurais in his narration:

> I readily imagine Orpheus, the singer of hymns, abandoning the world of a thousand lyres, and descending to the infernal caves—by which one can take to symbolise exactly the brute material world, mute and deaf, this is the most ignoble and truest of all Myths that men have configured.[8]

Echoing Debussy's words, that Orpheus is not a human being, living or dead, here Orpheus is understood as an allegory whose apogee was to enable a vision of what it might be to live in sound. Base materiality dissolves in this imagined world, but then so does music (a process begun by Debussy, as much as any other, through his explorations of the resonant interior of the piano). Segalen's narrator asks the question: What is the true world? Perhaps he was aware of Hermann von Helmholtz's insight into the inferential nature of the senses and their role in creating our sense of reality. 'From the very heart of the matter', Segalen wrote in June 1908, 'I imagined that things were speaking.'[9]

They continue to speak, yet their sense is partially lost in buzzing, echoes, resonance, a forest of whispers.

---

[8] Segalen, *Dans un monde sonore*, 660, tr. Marie Roux.
[9] Victor Segalen, *Essay on Exoticism: An Aesthetics of Diversity*, tr., ed. Y.R. Schlick (Durham, NC: Duke University Press, 2002), 13.

PALI MEURSAULT

ECHOES RETURN

*If sound is like the wind,
then it will not stay put.*
—Tim Ingold

The Échos festival has been held on four occasions now in a somewhat remote valley in the Alps where, finding themselves facing a concave cliff, three sound engineers had the far-fetched idea of installing giant loudspeakers to amplify the natural echoes of the location. I am lucky enough to have been invited twice, the first time to play, the second time to head up a creative project which led to the release of a record.

My research practice is based on field recordings. The electroacoustic material of my compositions always comes together in relation to places I encounter or travel through. Sometimes these are 'natural' environments, but most often heavily affected by human presence, resonant with human activities. What was very particular about the valley of Le Faï was that the sonic environment comprised not only the geography, the climate, and the wildlife of the place, but also the music of colleagues, which gave rise to a project dealing with questions around the reappropriation of their works. This approach was discussed with them beforehand, but it was also the place itself that made it possible. As we wrote in the sleeve notes to the record, we already knew that 'playing there implied to let go of sounds (more than usual), to hear them (almost look at them) disappear into the mountain and come back transformed: a few seconds' echo and already they belong to the valley'.[1] My work then consisted in collecting these sounds as well as those emanating from the geophony of the site, neither hierarchizing nor discriminating between the two sources.

Everyone who has played up there has been confronted by an unfamiliar relation to sonic space. Propelled through the horns at a speed of 320 metres per second all the way to the point where they echo off the cliff and return, our sounds awakened a phenomenon that overflowed normal habits of spatial perception and the appreciation of acoustic coloration. Here the echo becomes detached from its sources to such a degree that it becomes a tangible, autonomous matter: the voice of the mountain articulating its responses to our sonic solicitations. Given sufficient time to tame the phenomenon, the horns of Le Faï and the rocky cirque of the valley became an instrument unto itself, a giant effects unit affecting the spatial and temporal plasticity of sound. The sound was transformed with every metre it travelled, all along the complex lines formed by the mountainsides, with the echoes sending back multiple testimonies of its journey an eternity of a few seconds later.

---

[1] pali meursault, *(échos)* (Villeurbanne: Dôme, 2018).

Although the setup was immediately fascinating and fun to play with, it also called for an unlearning of acquired habits in regard to the control of signal and of acoustics. You had to just accept the dispossession and adapt your gestures and sounds appropriately so as to leave the mountain time to breath and to express itself. Some were already experienced in dealing with environments that make a significant contribution to the way that music sounds, but I don't think any of us had experienced it on this kind of scale. For myself, Le Faï was an opportunity to develop my practice and my listening, but also to question the techniques and discourses within which they were enmeshed.

Control

As a worker in applied sound, I had learned certain rules of acoustics, such as the principle that the power of a signal diminishes by six decibels every time you double the distance. But rather than consider distance as a loss of sound information, and environmental reflections as the scrambling of a direct signal, powerful contextual experiences invite one to reverse this point of view: to apprehend movements of sound not in terms of what they take away but in terms of what they contribute to the vibration, and to understand the listening context as a partner in the musical performance.

It would obviously be entirely wrong to imagine that the principles of acoustic 'neutrality' have always been in force. The idea of having the ability to remove or standardize the effects of the environment upon sound is ultimately only a recent invention of engineering, designed to promote communication and the commoditization of sonic and audiovisual productions: the reproducibility of an emitted signal guarantees the reproducibility of the experience itself. Inversely, one would be quite justified in considering every cathedral as a singular acoustic environment, impossible to reproduce exactly or to reduce to a standard like those that preside over the architecture of cinemas or ensure the 'fidelity' of domestic listening technologies. Where cathedrals and cinemas differ as technologies of listening is the way in which the models of power expressed by their architectures produce and structure subjective experience: in one case centralized in a religious site, in the other distributed across entertainment networks. It might also be argued that the devotion inspired by the singularity of acousmoniums is situated somewhere between these two poles.

As Juliette Volcler has demonstrated in her research,[2] the conjoint notions of control of sound and control by sound are not limited to architecture. Sound is at the heart of the use of public spaces and their privatization and is also present on the battlefield. For Athanasius Kircher, it was just as important to study the propagation of sound through the open space of the countryside as it was to understand architectural reverberations. His cries from the Chapel of Mount Eustachy were among the very first experiments in sound propagation, prefiguring modern acoustics.[3] Looking at Kircher's engraving showing lines of sound guided by 'speaking tubes' out across the countryside, it is tempting to see a parallel with the horns of Le Faï.

2   See Juliette Volcler, *Le son comme arme* (Paris: La Découverte, 2011), and *Contrôle* (Paris: La Rue Musicale, 2017).
3   Athanasius Kircher, *Phonurgia Nova,* [1673] (Paris: Hachette Livre BNF).

In a certain sense, however, we might say that Kircher's studies—despite the esoteric nature of the 'fantastic mechanics' he describes—marked out the future territories of sonic control: in terms of both the vectors that organise acoustic propagation and the measurement of the psycho-sociological effects that the phenomenon produces upon the inhabitants, who liken it to a 'miracle'.

Weaving

The obstacle of the cliff does not so much send back sound as diffract it into a multitude of other sounds. The echo comes but, paradoxically, what it reports back to us is a failure to 'transport' the sound, since on the way it has become impossible to preserve the integrity of the original source or to locate the point from which it originated. So the echoes challenge communication, just as they challenge the radiant sonic manifestation of power over territory—such as the ecclesiastical power that church bells assert over a parish.[4]

During the Échos festival, the public was invited to join an acousmatic experience: rather than forming an audience before the person who is playing, it became more interesting to lose oneself in the mountain, to find a singular listening point, or even to move around so as to continuously feel the modulations of sound in the space. The infinite complexity of the mountainsides of the Le Faï cliffs, shaped by the hazards of geology, don't conform to the rigid vectors of an architected acoustics. No more, perhaps, than they would yield to

---

4   See Alain Corbin, *Les cloches de la terre* (Paris: Albin Michel, 1994).

even the most sophisticated analyses in terms of 'convolution', since the wind, the river, and both animal and human presences also play their part in the unpredictable variations of this sound environment.

The vocabulary developed by Tim Ingold in his anthropology of lines is perhaps the most appropriate one in which to explore how the echoes of Le Faï are not simply an opportunity to complicate acoustic representations, but offer us an entirely different kind of sensible apprehension of space.[5] Going beyond the quantifiable reiteration of a phenomenon along the 'straight lines' of acoustic 'vectors', echoes instead proliferate 'threads' of listening, their interlacing giving the sonic environment the form of a 'weaving' that cannot be reduced to a sum of samples. So that walking the sinuous lines traced out by mountain paths becomes the best way to sense their undulations.

We may then ask whether fixing this impermanence in the form of a record was really the most appropriate way to share these sensations. Behind the vanity of the fabrication of objects, however, there also lies the possibility of proliferating listening yet further. The record became an echo of echoes, and an opportunity to allow oneself to be dispossessed of one's music just a little more, so that other lines may be extended.

---

5 Tim Ingold, *Lines: A Brief History* (London: Routledge, 2007).

DAVID ROSENBOOM

RESONANCE MORPHOGENESIS

The conception and perception of a *now*—a present—is a *resonance*, a finely-structured loop linking a synthesized past with a projected future.[1] When *eigenmodes* of behaviour among self-oscillating neural feedback loops fleetingly stabilize, differentiations among times and spaces are enabled. Resonances engender times and reveal topological enclosures. Detecting multiple emerging eigenmodes among multiple differentiated entities makes interaction fields detectable and perceivable, delineating energies. Energy-matter-time-space rings.

Among the through lines connecting elements in the diverse landscape of my music, metaphors associated with resonant emergence ring again and again. Investigations into resonances enabling palpable substance to exist in the universe, resonant reinforcement of behaviours within and among complex societies, and subtle resonant tracings of thinking, knowing, and believing permeate the propositional models of my compositional practice. The compositions mirror

---

1   D. Rosenboom, 'Propositional Music of Many Nows', in D. Bogdanovic and X. Bouvier (eds.), *Tradition and Synthesis: Multiple Modernities for Composer-Performers* (Lévis, Québec: Les Éditions Dobermann-Yppan, 2018), 121–142.

nature in the creation of singularities, particles, or differentiated units of perception. They do this by making use of the idea of resonance as a key to creation within an initially smooth medium, like undifferentiated space or the undisturbed surface of a calm lake. Resonance represents the force of drawing together in patterned relationships, which outline natural ontological evolution.[2]

Resonance phenomena emerge when a differentiable region in an interaction field or medium is excited to an energized disequilibrium state, which is dissipated (de-excited) by organizing the often disorganized, external excitation energy into a spectrum of damped vibration modes. Resonance phenomena also emerge when the *eigenstates* of the excitation energy are close to those of a region in the field or medium, in which natural vibration modes become reinforced until the excitation energy is removed. Natural vibration modes may also be self-excited via feedback. A damping factor is necessary to preserve the system's structure, without which it may become unstable and break apart. The field or medium affected must have an *elastic* property or compressible nature within boundary conditions, or an essential tension enabling self-oscillation with natural eigenmodes in an emerging time-space.

In acoustics, the displacement of an elastic medium creates potential energy. The dissipation of that energy follows through a sometimes chaotic dynamics, enfolding the effects of instabilities in the medium (vibrating body)

---

2   D. Rosenboom, *In the Beginning* (programme notes from a series of eight compositions) (Santa Clarita, CA: David Rosenboom Publishing, 1978–1981). Available online at http://davidrosenboom.com.

and its physical support (boundary conditions) and its ability to break up into many, imbedded, increasingly smaller and self-similar dissipative subsystems, all evolving around a set of attractors—points in a phase space describing tendencies of behavior in an unpredictable but deterministic dynamical system. Our mechanisms of auditory perception, in their constant search to extract global properties, make generalizations and recognize categories and present this information to consciousness as the spatio-temporal morphology of what we call harmonics.[3]

Perceiving a frequency—a pattern or structure that repeats—requires time, memory, and the ability to compare a past with a present. Furthermore, either the pattern must move in some sense past the perceiver or the perceiver must move past a fixed pattern or standing wave. Another way to reveal the frequencies in an acoustic wave is to enclose the wave in a bounded medium matching its topology, such as a string with fixed endpoints, a drum head, a concert hall, a canyon, a limited atmosphere, or a box of air, within which wave structures form as energy is imparted into the system, reflect off boundaries, and interact as they dissipate the non-equilibrium state of the system and return it to equilibrium.

Resonance also involves *coupling*, in which the *eigenform* of one system is transferred to another. 'In this way, information is transmitted and, further, may be

---

[3] D. Rosenboom, 'Propositional Music: On Emergent Properties in Morphogenesis and the Evolution of Music', in J. Zorn (ed.), *Arcana: Musicians on Music* (New York: Hips Road and Granary Books, 2000), 203–232.

propagated through a medium (population of systems), producing a kind of spatial diffusion of the eigenform.'[4] Interaction among multiple resonances may then engender a possible hierarchy of resonances linked in a network. In this way, a time-space composed of fibrous links—independent of any background reference grid—may emerge. When bidirectional links become strong enough, new resonances may appear and members of the network may be pushed into new vibrational modes. This process has been described as *morphodynamic work*, which can drive self-organized evolution.[5]

Stars ring, ring like bells. Natural seismic vibration modes of the Sun—imagined to influence subtle transformations of musical lines in an emerging, contrapuntal arboretum—inspired my 1997-1998 composition for piano *Bell Solaris*: '...the Sun rings like a bell, initiating waves of influence that traverse, shape and create space, time and life.'[6] In the field called *asteroseismology*, the oscillation modes and seismic activity of stars are studied. Binary star systems may exhibit coupling when the periods and eccentricities of their orbits, free oscillation modes, and tidal forces are close enough to become linked in complex, mutually reinforcing modes. Instabilities may also emerge, sometimes forcing the coupled system into new modes.[7]

---

4   Ibid.
5   T.W. Deacon, *Incomplete Nature* (New York: W.W. Norton & Company, 2013).
6   D. Rosenboom, *Bell Solaris, Twelve Movements for Piano, Transformations of a Theme* (Santa Clarita, CA: David Rosenboom Publishing, 1997-1998). Available online at http://davidrosenboom.com.
7   C. Aerts, J. Christensen-Dalsgaard, and D.W. Kurtz, *Asteroseismology* (Dordrecht: Springer, 2010).

A multi-electron atom may be treated semi-classically as a collection of harmonic oscillators, each with a particular resonant frequency and binding energy, enabling a resonant excitation-de-excitation process with a damping factor. When an external energy (photon) impinges upon it, vibrating at a frequency close to the frequency of one of those harmonic oscillators, it may be absorbed, increasing the excitation state of the electron. This is followed by a de-excitation process and emission of a photon. This is an example of elastic resonant scattering.[8]

The brain may be thought of as an internally, massively interlinked assembly of resonant networks that are further interlinked with numerous receptor and effector systems enabling the organism to interact with the external physical world. In 2014–2015, I collaborated with Tim Mullen and Alexander Khalil to create a new brainwave music project called *Ringing Minds*. This work is described as

> a complex multi-dimensional, multimedia, multi-agent BCI [Brain-Controlled Interface] project in the arts, which explores new possibilities in contingent and non-contingent feedback, concepts of 'audience as performer,' complexity and structural forms in music and the brain, and resonance within and between listeners and performers. *Ringing Minds* uses real-time 'hyper-scanning' techniques to model event related potentials (ERPs) and resonant properties

---

[8] J. Stöhr and H.C. Siegmann, *Magnetism: From Fundamentals to Nanoscale Dynamics* (Berlin: Springer, 2006).

of neural activity simultaneously measured from a group of individuals engaged in active imaginative listening during a live musical performance.[9]

Resonant modes called POPs (Principal Oscillation Patterns) or eigenmodes in the EEGs of four performers treated as one big brain were interfaced with a large array of complex resonators in a computer music instrument employing both simple and stochastic excitation functions and damping characteristics. Listening to the relationship field that emerges in this work among musicians, active imaginative listeners, resonant sound fields, and performer dynamics is like listening to evolution.

Creative co-communication in such experiences may result from co-creative instances recognized in the resonances occurring among all distinguished entities in individual nows. A fibrous view of time-space emerges in which networks of resonant couplings manifest independent, localized time-spaces for each coupling, replacing the need for a global background reference field. Each of us may be individually comprised of and determined by configuration spaces for the entire universe, manifested from each particular, unforeseeable point of view through such resonances. Since each individual has a different experience, a different now, what we think of as temporal realities are individually synthesized.

The time scales of information processing in the brain

---

9   D. Rosenboom, and T. Mullen, 'More than One—Artistic Explorations with Multi-agent BCIs', in A. Nijholt (ed.), *Brain Art: Brain-Computer Interfaces for Artist Expression* (Cham: Springer Nature, 2019).

range from about 1 millisecond at the level of the synapse to about 200 seconds at the level of the cortex, extended by memory to encompass the lifetime of the organism. We may speculate on the information-processing time scales of the entire biomass. Clues to self-organizing dynamics may be found at any particular level of analysis. Patterns created by oscillations generally result from collective phenomena, and the significance of oscillations do not become apparent until they are coupled or temporally correlated with other events on various scales. This is seen in tendencies towards phase locking of patterns and frequency synchronization in populations reminiscent of resonant phenomena. Memories are also resonances; they are that part of who we are today, which we choose to label as belonging to a concept we synthesize from the likelihoods or probabilities we compute for how the present we experience might be organized and called a past. It follows that from the point of view of the now we experience, movement toward the past equates with moving toward the improbable, and movement toward the future equates with moving toward the probable.

Sound, resonance, and auditory perception are merged in music. Sound is simply things as they are. Auditory perception is a bridge between sound and hearing, a link between the nature of things and experience. Hearing is observing our sensory input in its totality and knowing our mechanisms for synthesizing memory engrams, our inner representations for sound experiences. Listening is active practice with the interaction of our own nature and sound as it is. If we are making music, we are being ourselves with the decisions and actions we make in order to invent inner and outer worlds involving sound. Practicing music making involves attempting to know and understand these decisions and actions.

Deep inside these phenomena also reside fundamental, natural *uncertainties* hugging all borders presumed to differentiate one thing from another. Inspiring, unpredictably deviant, spontaneous resonances often balloon and flower there. The ubiquitous presence of noise is, indeed, essential in resonance dynamics. It serves both to activate wisps of resonance that engender potential substance and ensures a degree of instability, necessary for damping what might otherwise become runaway, over-amplified resonances that could destroy a system. Viewed with venturesome openness, these departures from what is presumed to be knowable can fuel joyfully creative discoveries and potentialities for newness and rebirth, perhaps of *Deviant Resonances*.[10]

---

10   D. Rosenboom, *Deviant Resonances, Live Electronic Music with Instruments, Voices & Brains*, Double CD (North Hampton, NH: Ravello Records [Parma Recordings], 2019).

CHRIS CORSANO

IMPROVISATION AND RESONANCE

I think of ideas of resonance in improvisation as something like a feedback loop: output feeds input feeds output...and so on. It's the opposite to 'ringing out a room', the process by which a live sound engineer finds the resonant frequencies of a venue's space and adjusts the mixing board accordingly to de-emphasize those frequencies in the P.A. and monitors so as to avoid unwanted feedback. In 'resonant improvising' (if we'll permit that to be a thing), it's about the group 'ringing' itself to create an intentional feedback system. As a player in this kind of system, you try to seamlessly incorporate your sound into the group's, while letting the group's sound dictate what you do. This can be done with pitch and timbre, of course. But perhaps more importantly, you can find resonances on more abstract levels by reaching a shared emotion/feel/touch/etc.–whatever makes some of the separate selves in the band melt into each other a bit. Some musicians have an uncanny ability to create these resonances. I used to play a lot with Matt Heyner, an amazing upright bass player. One time early on, I noticed that my limbs seemed to be cooperating with my head/heart in ways they often didn't, and my ideas/choices were flowing freely and in tune with Matt's. Egotistically, for just a minute, I thought that practice had paid off and my playing had improved a little bit. But thankfully I realized pretty quickly that it was because of how Matt was playing that I felt more comfortable in my skin than usual. He improvised in a way that pulled our sound (via rhythm/pitch/intensity/etc.) together and framed us in the best light possible. And this wasn't at all about him fading into a background role, musically speaking. He was able to do this while playing both supporting and leading roles. I think that, in order to do this, you have to be able to engage simultaneously in both deep listening and deep playing.

Free improvising isn't about just you doing whatever you want because you can. That's baby stuff. Well, toddler stuff, at least according to Piaget's theory of cognitive development: two- to seven-year-olds in the 'pre-operational stage' haven't yet cracked the code on seeing things from other people's perspectives. Instead, the free aspect of improvisation is a call to action: you have to do whatever is needed to free others to be their best selves. Of course, you are free (there's that word again) to do that in any way you see fit, so things do come full circle.

'Deep playing' (again, if we permit that to be a thing) would, in my opinion, be making music in a way that actively seeks out and creates interpersonal resonances. In a 2015 talk on Deep Listening, Pauline Oliveros says: 'Deep has to do with complexity, boundaries, or edges beyond ordinary or habitual understandings.' So, in my estimation, a deep player would be someone who can blur the boundaries/edges between the people with whom they make music, 'beyond ordinary or habitual understandings'. Deep Listening encourages you to take in the entirety of the sound-world around you, including the acoustics of the space and what the more narrow-minded among us might think of as 'incidental' sounds. To quote Oliveros again: 'Deep coupled with listening, or "Deep Listening" for me, is learning to expand perception of sounds to include the whole space-time continuum of sound, encountering the vastness and complexities as much as possible.' Deep playing, then, would be creating that entirety of sound through your own actions, which seamlessly stitch together the audio materials around you.

There's a certain intangible quality to resonance/deep playing that has to do with concepts that are not easily quantified, such as 'feel', 'touch', or even 'emotion'. As Pauline Oliveros said, it's 'beyond ordinary or habitual understandings'. If you were dying to be scientific about it, you could try to break it down by looking at the micro-adjustments to timings, dynamics, timbre, pitch, etc. that give musicians their individualized voices, but I suspect something would be missed no matter how many parameters you added. (But that's me, I like a little bit of magical realism in my aesthetics of sound.) I'd also say that deep playing must include deep listening as a part of it. You listen to and process what's going on around you in such a way that you're able to contribute your part to a synergistic whole. Acting-and-reacting/stimulus-and-response, all at the same time.

Deep playing is by no means strictly the domain of improvised music, by the way. Take one of the greatest rhythm sections to ever walk the face of the earth:

George Porter Jr. (bass) and Ziggy Modeliste (drums) from the New Orleans funk band The Meters. The subtlety and depth of their interconnectedness is so extraordinary that their individual sounds become inseparable in a way: each of them completes the other. I think this is a perfect example of aesthetic resonance. In an interview for *Modern Drummer* (July 2017), Modeliste states: 'On a gig, drummers and bass players have to almost be meshed together so they can really create the effect of what they're trying to accomplish.' Deep playing is that meshing together of individuals, and not necessarily just the rhythm section, although that's a resonant relationship with great importance to all sorts of musics.

I was talking to the violinist Samara Lubelski about her duo with guitarist Marcia Bassett. Samara was describing this phenomenon where you're unsure of who's doing what sound. Samara said it was like having Marcia get inside her head. I've seen their duo, and I can happily attest to its greatness. It's not really my place to say what it is that makes them a perfect pairing, but perhaps it could be related somehow to this concept of deep playing.

I have the position (luxury?) of being a practitioner and not a theoretician or educator or journalist. So putting things into words, never mind a complete theory/manifesto/doctrine, is not my primary concern, except at the present moment. I suspect that as soon as I start writing about what makes improvisation work, something's already been lost. As with most of the language around music in general, things get into metaphor territory pretty quickly. And a metaphor stretched far enough breaks. With all due apologies to Pat Benatar, love is a battlefield, until it ain't. Also, we're talking about a music based in the moment, so theorizing about a complex moment that I'm not currently inhabiting is bound to be full of inaccuracies and half-truths. I might say, for instance, that losing yourself in a collective music is something to strive for. But can I say, with 100 percent accuracy, that every time that losing-oneself happens, it categorically makes the improvisation 'good'? Probably not. And, as a practitioner, I'm mainly concerned with a 'good' result, whatever that means (a shifting, multiple-bullseye target, no doubt). So, maybe I'll just leave it at this: resonant improvising is an approach that is able, on certain occasions at least, to yield some brain-melting results.

ELLEN FULLMAN

INSTRUMENT DESIGN IS COMPOSITION, RESONANCE IS HARMONY

Empirically, I have come to some conclusions on the physics of my instrument, and my composition is built upon my perception of what is authentic and unique to this instrument. I seek resonances. Resonance itself is a universal pleasure: Who can resist shouting in a tunnel and listening to what is reflected back to them? A gross generalization: more complex harmony requires smoother timbral production. When sanding wood, more details in the grain can be perceived as the grit becomes finer. The physics of string vibration itself astonishes me. I don't want to impose any unnecessary expression or gestures upon it; by refining my performance technique I wish to reveal and share what I discover as I listen to the spectrum of harmonics unfold.

I studied North Indian vocal music in Austin, Texas with Anita Slawek for four years. Anita said, 'When you are really in tune, the music plays itself.' Sympathetic resonance is like pulling an infinite thread, where harmonics from one string can blend into harmonics from another and form new harmonies in a secondary layer. When I keep my instrument carefully in tune, my work moves forward into uncharted territory.

The physics of my instrument dictates the method used for tuning. Since I bow the string lengthwise, the longitudinal mode is set in motion and tuning can be accomplished only through changing the length or the material alloy used in the string. On my instrument the vibrating length of each string is stopped by a capo and carefully tuned by shortening or lengthening the placement of that capo. All strings, including the ones on my instrument, vibrate in multiple modes, sounding the fundamental tone of the full length of the string as well as the tones of segmented divisions of that length, all at once. Dampening a string at one of these divisions, or nodal points, isolates that harmonic. Graphically mapping overlays of the nodal points reveals a pattern of harmonic upper partial tones all along the length of a vibrating string, where at the halfway point the pattern reverses itself out to the other end of the string. On the Long String Instrument, the spectral patterns of harmonics are stretched to each string length. As I walk and play a chord, it is as if geared wheels rotating at different rates play out repeated fragmentary songs. Even with pure simple harmony, the filtering my instrument imparts is a complex matrix of extended partials. In composing, I locate the zones that I wish to preserve along my walking path and map these with my tablature notation, referencing the numbers that I place under the strings at metric intervals.

My compositions and performance have everything to do with the cultivation and energizing of waves set in motion through sympathetic resonances. The most resonance is gained through small number intervals whose periodic waveforms align frequently, especially the pure fifth, or 3/2. The energy from one tone sets the other in motion, requiring less pressure or energy from bowing to keep it going. With sympathetic resonance my instrument produces a smoother and more pleasing, less sawtoothy timbre. Playing my instrument is like walking or swimming in a strong current. If the harmony changes too drastically it is like going against the current–there is chaos and resistance from the power of what has been set in motion. It sounds like a 'chugging' tone; the string really doesn't want to speak.

With all of these forces at play, it is tempting to compose works in which the same tonality could be extended infinitely. In fact, I do find myself in daily practice playing only one chord for long durations and discovering subtle variations through arpeggiations and dynamic changes. In my composition I seek more movement, however, ways to construct music that feels like sculptural forms, and even harmony that seems to twist or turn inside out. My strategy for composing harmonic modulations that work for this instrument is to create a deflection, in the same way that a sailboat uses the wind. Secondary harmonies in the upper partial tones can be used as pivot points to move a tonality to a new zone. Interestingly, such a transition on my instrument occurs not only in time, but also in space, since specific harmonics emerge at specific locations along the length of the string.

I have always pondered design changes that could be made to my acoustic resonators (staying within the current dimensions, based on flight restrictions and arm length) in order to increase loudness, emphasize lower frequencies, and bring out clarity in the harmonics. To quote Harry Partch, 'I am a composer seduced into carpentry'. I have commissioned instrument builders to make prototypes, but at some point, it became necessary for me to learn the process myself in order to pursue my ideas more deeply. With a formal background in sculpture, I came to woodworking with a certain level of comfort in making things. In recent years I have dipped into woodworking sessions for several months at a time, exclusively working on resonator design. I find woodworking to be very demanding physically, and a different mindset from performing and composition—woodworking is all I can manage when I am doing it. In addition, my studio music practice is disrupted by testing: resonators are repeatedly coming down and going up. I have had one notable mentor recently, Tony Smith, who really should be recognized as a Living Treasure, if only we had such values in the United States. In addition to being a luthier, Tony has made museum-quality replicas of Louis XVI furniture. Through Tony I learned techniques in hand planing, wood carving, sprung joints, and padding shellac varnish. I am exploring tone woods: tapping, carving, and tuning plates. My resonators are designed to be modular. The soundboards and back plates are interchangeable and removable, sliding in through an unglued dado joint in the frame and held in place and coupled through string tension. I am able to test differences in tone by swapping out soundboards and combining them with different frames. I am exploring tone woods traditionally used in string instruments and I directly experience the reasons why these woods are so valued. Even a raw chunk of ebony or rosewood rings out like a bell when tapped, with a deep and long resonance. The results I am getting now thrill me and are producing sounds that I have always hoped for.

UNTITLED

When approached to contribute a text regarding Caretaker work, I didn't want to talk too much about the work as a technical process, its overall style or approach. Instead, vis-à-vis the broader remit to address the idea of resonance, I decided to talk about some Caretaker memories which have resonated with my decision to create this work, and shown me that it had put me on some kind of right track. I like serendipity and employ chance in many of my works.

Rewind to late 1999 when I found myself in New York City playing some V/Vm shows. At this time the first Caretaker release *Selected Memories From the Haunted Ballroom* had just been self-released. During the period of its creation, from 1996–1999, because *The Shining* had been an important influence on this work, I was desperate to find a high quality picture of the final shot from *The Shining* for possible inclusion in the artwork. My girlfriend at the time also happened by chance to be in New York with her mother, so I met her there and she told me, 'You must meet the lady where we are staying.' I went to the flat in Chelsea and met an older lady there called Sybil. She had great energy and bounce for her years, and the afternoon was a good one. Sybil seemed interested in my work too, so I left her a Caretaker compact disc, telling her only that it incorporated old ballroom music from the 1930s repurposed to create memories.

A few days later I found myself in Fort Lauderdale for a show in Miami. Whilst there I mentioned to the person I was staying with how I had been unable to locate any book with the image I wanted from *The Shining*. She told me, 'We have a great bookshop here, so let's go and check it out to see if there are any Kubrick books'. Off we went, and sure enough there was a book there called *Stanley Kubrick, Director–A Visual Analysis*, and on page 308 of this book was the shot from the film I'd been trying to find for three years.

I immediately bought the book, but by then the first release was already out, so there was no need to use the image, and in many ways it was better it was not used.

As I read the book during the next few days of travels, I noticed that one of the authors of this book was named as Sybil Taylor and–as you can guess–it was the same Sybil I'd met some days earlier in New York. Of course, I contacted her about this coincidence, and she became a fan of release I'd handed to her.

Coincidences and chance timings like this do not surprise me. I can fast-forward again to the next time I found myself in New York in 2010. I'd had a completely ridiculous night out with Sean Canty from Demdike Stare the night before, a night of chasing drinks and shadows, so I was badly hungover from the golden whisky bar pours. The next day Miles Whittaker and Sean dragged me out in this poor state as they were going record shopping, something I had not done for many years since my move to Berlin from Manchester.

In one shop I noticed a section of older neglected vinyl. Every other record in the shop was expensive except for those in this section, full of old ballroom and swing records. In the shop I spent probably fifteen dollars on twelve albums based purely on their track titles and the feelings these titles evoked. Immediately after this, the Demdike boys wanted to carry on digging around the record shops in Brooklyn but, feeling the effects of one too many the night before, I decided to call it a day and to go and spend the afternoon recovering.

When they returned, they told me that the next shop they went into was playing Caretaker music as they entered, something that to this day I've personally never experienced anywhere. Another sign maybe. I had no intention of creating another Caretaker record at that point, as I felt the project had gone far enough. That was until I returned to Berlin, where I happened to be living in a flat with a turntable and I played all this vinyl. There was a spirit and feeling within them all that I felt immediately. By chance, the other thing was that, from time to time, the needle on the turntable became a little faulty so that playback was altered and weirdly affected in the organic way that digital could not and still cannot reproduce.

I recorded all the vinyl when the turntable was working and when it was faulty, and this combination of recordings, with some extra processing, became *An Empty Bliss Beyond This World*. A record which really should not exist and which there was no plan to record. At exactly the same time I was reading a lot of reports regarding dementia, amnesia, and memory problems, and as a result this unconsciously seeped into the work and the loop choices I was making.

I spent some months refining from these recordings what became the final release, and in the process I could feel a weird slippage of memory. At the same time each day in Berlin I'd listen to this work as I walked the local streets, often recovering from the usual Berlin excesses, lost and floating on unstable ground around the city. I didn't have any plans to release the work, but after some time started to find myself humming melodies I could not place until I realised they were from this music I'd been making.

I distinctly remember a day when I was even questioning the idea of another release as The Caretaker, as it was enough for me that I was enjoying the work myself. Something about the mood it captured and transmitted made me want to release it though, as it was something different and it seemed quite magical that it existed at all. Since its release it's had a lot of critical success and I could never have dreamed that it would reach the audience it has just by existing. Just as those original works found me, people have found the work in similar organic ways.

Its reach out there was of course also helped by my old friend Ivan Seal's striking choice of artwork. Everything places this work out of time and in its own space. For me it's a completely pure work.

Now, after the recent conclusion of the *Everywhere at the End of Time* series of works, I still create Caretaker recordings for myself when the mood hits. I'm yet again at the point where there is no plan to release any further work in this style. As a postscript, I have not been back since 2010 to New York, where maybe when I next visit I can complete the trilogy of chance happenings, moments, and signals I have experienced there specifically with this work.

As a disclaimer, I vividly remember all of the episodes described above. I have rewritten and hardwired them in my mind by constantly through the years remembering each specific event over and over, to the point where maybe I cannot trust any of the above to be true at all.

BIOGRAPHIES

MARYANNE AMACHER (1938–2009) was a composer of large-scale fixed-duration sound installations and a highly original thinker in the areas of perception, sound spatialization, creative intelligence, and aural architecture. She is frequently cited as a pioneer of what has come to be called sound art, although her thought and creative practice consistently challenges key assumptions about the capacities and limitations of this nascent genre. Often considered to be part of a post-Cagean lineage, her work anticipates some of the most important developments in network culture, media arts, acoustic ecology, and sound studies.

CHRIS CORSANO (b. 1975, USA) is a drummer who has been active at the intersections of collective improvisation, free jazz, avant-rock, and noise music since the late 1990s. Corsano has collaborated with many kindred spirits and has appeared on over 150 records and at 1000 live performances. He's worked with, among others: Paul Flaherty, Paul Dunmall, Joe McPhee, Björk, Okkyung Lee, Evan Parker, Mette Rasmussen, John Edwards, Sylvie Courvoisier, Bill Nace, Nate Wooley, Jim O'Rourke and Akira Sakata, Merzbow, Jessica Rylan, Nels Cline, Heather Leigh, Ghédalia Tazartès, Ken Vandermark, and Sunburned Hand of the Man.

ELLEN FULLMAN has been developing her installation, The Long String Instrument, for over thirty years, exploring the acoustics of large resonant spaces with her compositions and collaborative improvisations. She has been the recipient of numerous awards including the Foundation for Contemporary Arts Grants to Artists (2015) and the DAAD Berlin Artists-in-Residence programme (2000). Her releases include *The Long String Instrument* (Superior Viaduct, 2015), first issued on Apollo Records in 1985 and selected as the number one reissue for 2015 by *The Wire*. Fullman's work was cited by Alvin Lucier in his *Music 109: Notes on Experimental Music* (Wesleyan University Press, 2012).

CHRISTINA KUBISCH, born in Bremen in 1948, has studied painting, composition and electronic music in Hamburg, Graz, Zurich, and Milan. Besides her work as a sound artist and performer, she has produced numerous electroacoustic and instrumental compositions and audio works for radio. Part of the first generation of sound artists, she has developed multiple artistic techniques based on electromagnetic induction, solar energy, and special light systems. In 2003 she began her series of 'Electrical Walks' where, with the use of special custom-made headphones, the public can listen to the hidden electromagnetic waves that surround us. She has been a professor of audiovisual arts in Berlin, Paris, Saarbrücken, and Oxford, and is a member of the Akademie der Künste Berlin. Her installations, compositions, and audio-visual works have been presented worldwide.

OKKYUNG LEE is a cellist, composer, and improviser who moves freely between a number of artistic disciplines and situations. Since moving to New York in 2000 she has worked in various contexts as a solo artist and collaborator with creators hailing from a wide range of disciplines. A native of South Korea, Lee draws on a broad array of inspirations including noise,

BIOGRAPHIES

improvisation, jazz, Western classical, and the traditional and popular music of her homeland, using them to forge a highly distinctive approach. Her curiosity and determined sense of exploration guide the work she has made in disparate contexts.

PALI MEURSAULT's work interrogates the social and political dimensions of the sound environment in the broadest sense, which also includes the plasticity of the inaudible: infra- and ultrasound, electromagnetic and radio-frequency phenomena. He takes his sensors into cities, into factories, onto glaciers, and into the Amazonian rainforest. His latest compositions involve sites of labour activity, combine insect songs with electromagnetic fields, and reveal the hidden sound environment of data centres. He regularly collaborates with musicians, performers, and film makers, teaches sonic arts at University of Paris 8, and writes on music, sonic cultures, and radio art.

JEAN-LUC NANCY (1940-2021) was Professor of Philosophy at the University of Strasbourg and visiting professor at various universities overseas. He is the author of numerous books including *The Muses* (Stanford University Press, 1997) and *Listening* (Fordham University Press, 2007). His latest book is *Démocratie! hic et nunc* (with Jean-François Bouthors) (Éditions François Bourin, 2019).

DAVID ROSENBOOM (b. 1947) is a composer-performer-interdisciplinary artist, author, and educator known as a pioneer in American experimental music. His work explores the spontaneous evolution of musical forms, languages for improvisation, new scoring techniques, multi-disciplinary and cross-cultural collaborations, interactive multimedia and new instrument technologies, art-science research and philosophy, and extended musical interfacing with the human nervous system. He has been Dean of The Herb Alpert School of Music at CalArts since 1990 and holds the Richard Seaver Distinguished Chair in Music. Prior positions include: Darius Milhaud Professor, Mills College, and founding music faculty, York University (Toronto). Following his fifty-year retrospective at the Whitney Museum of American Art (New York, 2015), he was lauded in The New York Times as an 'avatar of experimental music'.

TOMOKO SAUVAGE Born and raised in Yokohama, Japan, Tomoko Sauvage moved to Paris in 2003 after studying jazz piano in New York. Through listening to Alice Coltrane and Terry Riley she became interested in Indian music, and studied practices of improvisation in Hindustani music. In 2006, she attended a concert given by Aanayampatti Ganesan, a virtuoso of the *Jalatharangam*, a traditional instrument used in Carnatic Music which consists of a number of water-filled porcelain bowls. Fascinated by the simplicity of the device and its sonic characteristics, Sauvage immediately began to hit China bowls with chopsticks in her kitchen. Soon her desire to immerse herself in the water engendered the idea of using an underwater microphone, leading to the birth of the electroaquatic instrument.

THE CARETAKER was a long-running project by electronic musician James Leyland Kirby, who also records as V/Vm. His work under the Caretaker moniker has been

BIOGRAPHIES

characterised as exploring memory and the gradual deterioration of it, nostalgia, and melancholia. Initially the project was inspired by the haunted ballroom scene in Stanley Kubrick's 1980 film *The Shining*, with the first releases consisting of treated and manipulated samples of 1930s ballroom dance recordings.

DAVID TOOP has been developing a practice that crosses the boundaries between sound, listening, music, and materials since 1970, encompassing improvised music performance, writing, electronic sound, field recording, exhibition curating, sound art installations, and opera. It includes eight acclaimed books, including *Ocean of Sound, Sinister Resonance, Into the Maelstrom, Flutter Echo* and *Inflamed Invisible*. His solo records include *New and Rediscovered Musical Instruments*, *Sound Body*, and *Entities Inertias Faint Beings*. His 1978 Amazonas recordings of Yanomami shamanism and ritual were released on Sub Rosa as *Lost Shadows*. He is currently Professor of Audio Culture and Improvisation at London College of Communication.

CHRISTIAN ZANÉSI (b. 1952) is a former student of Pierre Schaeffer, Guy Reibel, Guy Maneveau and Marie-Françoise Lacaze. Since he joined INA's Groupe de Recherches Musicales in 1977, he has participated in many experiments, productions, and encounters and has initiated numerous projects in the domains of radio, publication, and musical performance, one of the most notable being the PRÉSENCES *électronique* festival. He was artistic director of INA GRM from 2005 to 2015, has composed numerous electroacoustic pieces that are often performed in concert, and since the 2000s has also developed a live music practice, playing both solo and with various musicians from the experimental electronic scene.

COLOPHON

Spectres

2
Resonances

Expand
Evoke
Reverberate
Reveal
Transmit

Editors
François Bonnet
Bartolomé Sanson

Translations
Robin Mackay
Valérie Vivancos

Proofreading
Robin Mackay
Jules Négrier

Design
Bartolomé Sanson

Contributors
Maryanne Amacher
Chris Corsano
Ellen Fullman
Christina Kubisch
Okkyung Lee
pali meursault
Jean-Luc Nancy
David Rosenboom
Tomoko Sauvage
The Caretaker
David Toop
Christian Zanési

ISBN 978-2-36582-034-9
Printed in Europe

Published by Shelter Press
with the support of INA GRM

No reproduction, adaptation or
translation permitted without the
written consent of the publisher.

Shelter Press
SP118
shelter-press.com